讀寓言・學古文

中階

田南君 著

序言

顧名思義，「讀寓言·學古文」是一套三冊的文言寓言集。通過閱讀歷代寓言名篇，同學不但能學會各種文言知識，更能了解古人和今人價值觀的相似之處，從而做到知古鑒今。

筆者一向認為，學習古詩文，不只是為了應付讀書考試，更是為了了解古人的言行、思想、智慧和價值觀，與現今有哪些相似之處：孝順父母、兄弟同心、慎於交友、謹言慎行、臨危不亂、知恩圖報、虛心納諫、信守承諾、廉潔守法……只是因為這些作品年代久遠，用詞、句式和語法跟今天的不一樣，因而被奉為古董束之高閣，把我們和古人分隔開了。

因此，本書所收錄的文章以篇幅短小者為主，內容上不求艱澀，以免讓同學對文言學習敬而遠之。同時，配上適量的漫畫、筆者的深情隨筆，力求消除文言閱讀在同學心目中「事不關己」的印象。

「讀寓言·學古文」系列共分為初階、中階、高階三冊，初階適合小六至中一的同學；中階適合中一至中二的同學；高階適合中二至中三的同學。

每冊收錄四十篇文言寓言故事，並按寓意分為八個章節，涵蓋生活上不同範疇，令所選篇章更「貼地」。每章先以漫畫作為切入點，讓同學易於掌握，以便更好理解往後的各篇課文。

每篇課文的體例均一，細述如下：

1. 前　　言：以生活、故事作切入，初步介紹課文內容。
2. 原　　文：展示文章內容（部分篇章會因應該課所學的文言知識略
   　　　　　作改寫），並就篇中難字提供粵語讀音及注釋；同時以色
   　　　　　底白字標示該課的文言知識。

3. 文言知識：涵蓋字詞、句式、體裁等不同範疇，配以不同例子和圖
　　　　　　　表，深入淺出講解各種文言知識。

4. 導　　讀：講解課文的背景資料及內容大要。

5. 談　美　德：是筆者的深情隨筆，就課文所延伸的價值觀或美德，或
　　　　　　　抒發筆者的感受，或道出更多值得大家警惕的故事，讓
　　　　　　　讀者知古鑒今。

6. 文章理解：考核同學對該課課文內容、文言知識和價值觀的理解程
　　　　　　　度，題量適中、題型多元。

7. 答　案　冊：展示每課課文的語譯、練習答案及解題。

8. 知識一覽：以表格形式分門別類地列出全書各冊所教授的文言知
　　　　　　　識，一目了然，易於翻查。

　　希望這套「讀寓言‧學古文」系列能夠一改讀者對文言閱讀的看法，
明白到這些篇章是前人留給我們的遺產，可以作為我們待人接物、行事處
世的借鑒。

田南君

辛丑牛年開學前夕

目錄

第 1 章

迂公修屋

迂公，性吝嗇。籬敗不修，瓦裂
不葺。

久雨屋漏……妻詰曰：「汝何以為
父？何以為夫？」

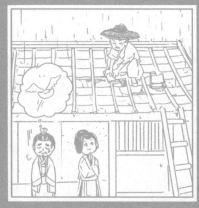

迂公無奈，乃急呼匠者葺治，勞費
良苦。

天忽開霽，竟月晴朗。公日夕仰屋
歎曰：「豈不徒耗貲財？」

律己

一提到律己，

大家都覺得一定要跟

「大是大非」的事情連在一起。

事實上，生活中的小事，也能反映我們是否做到律己。

錢，是否用得其所？

既不能吝嗇，也不能揮霍。

能夠做到律己，

就能像<u>文徵明</u>那樣，練得一手出色書法；

也能像<u>劉蓉</u>那樣，避免習非成是，

也能像<u>孟母</u>般，揀選出宜居之所。

本章的六個故事：〈迂公修屋〉、〈文徵明習字〉、〈習慣說〉、

〈孟母擇鄰〉、〈芒山盜臨刑〉和〈寡人之於國也〉（上），

將會跟大家分享，古人是怎樣律己——

控制自己的慾望、改掉自己的錯誤，

繼而成為別人的榜樣。

迂公修屋

俗語有云：「病向淺中醫。」其實不只是人類，房屋的不同部分也有其壽命，日子久了就會有損壞，自然就要修理，可是世界上偏偏有一個人不這樣做。

這個人不是沒閒暇，因為他的時間多的是；他也不是缺錢，相反，他是個有錢人——不！準確點說，是一個守財奴。還是天晴時，這個守財奴死也不肯維修屋頂，結果待到屋漏兼逢連夜雨之時，他才感受到何謂「卒無乾處」，因而被家人責罵。這個落得如此下場的守財奴，就是本課的主角——迂公了。

原文 據明・張夷令《迂仙別記》略作改寫

有迂氏者，世稱迂公，性吝嗇。籬敗不修，瓦裂不葺。一夜，久雨屋漏，數 ❶ 徙牀，卒無乾處。妻詰曰：「吾適爾，因汝家富，不意乃受此累 ❷。汝何以為父？何以為夫？」

妻兒交詬，迂公無奈 ❸，乃急呼匠者葺治，勞費良苦。工畢，天忽開霽 ❹，竟月晴朗。公日夕仰屋歎曰：「適葺治，即不雨，豈不徒 ❺ 耗資財？」

注釋

1. 數：多次、屢次。
2. 累：辛苦勞累。
3. 無奈：沒有辦法。
4. 開霽：雨雪停止，雲霧散開，天空放晴。
5. 徒：白白。

文言知識

多 義 詞

多義詞，是指兼備兩個或以上字義的字。本課第一段有「不意乃受此累」句，當中的「乃」就是多義字：

「乃」起初解作「扔掉」，後來被用作虛詞，帶有不同的意思：於是、才、只是、反而、竟然等等，例如：

① 於是：乃召工謀之。（〈賄賂失人心〉）

② 才：每夕必寢皮乃安。（〈猿説〉）

③ 只是：乃為人僕御。（〈御人之妻〉）

④ 反而：乃增吾憂也。（〈陶母責子〉）

⑤ 竟然：今其智乃反不能及。（韓愈〈師説〉）

又例如第二段末尾的「適」也有多個意思：舒適、適當、前往、出嫁、剛剛等。「適葺治，即不雨」這句帶有承接關係，後句的「即」解作「就馬上」，表示「不雨」承接「葺治」而出現，可見「適」在這裏解作「剛剛」。

我們可以根據文字部件、文字字義，以及前文後理，來推敲難解字的真正意思，詳情可以參考本書〈汧陽豬〉、〈屈原至於江濱〉、〈鵲招鸛救友〉三課的內容。

我們對張夷令的生平事跡所知不多，只知道他寫了一本名叫《迂仙別記》的笑話集。《迂仙別記》已經散佚，只有部分內容保留在明朝人馮夢龍的《古今譚概》中。

有別於一般笑話集，《迂仙別記》的每個故事都以迂仙——即文中的迂公——為主角。迂，本身解作「荒誕」、「不合情理」，《迂仙別記》大抵就是通過迂公的故事，來諷刺世人荒誕的言行。

本文〈迂公修屋〉記述迂公非常富有，卻十分吝嗇，瓦頂裂開了也不肯花錢修葺，結果因大雨而漏水，招來妻兒的責備。迂公只好請人修葺屋子，卻遇上整個月的陽光普照，因而抱怨好天來得不是時候。寥寥幾筆，就使迂公吝嗇愛財的特點躍然紙上。

善 用 金 錢

有一個有趣的現象：越是富有的人，就越是吝嗇。歷代不少典籍都記載了富人吝嗇的例子，例如唐代 張鷟的《朝野僉載》，就記載了密州刺史鄭仁凱的一個故事：

鄭仁凱家中有一位下人，請求鄭仁凱給他買一雙鞋，鄭仁凱說：「就讓我為你買一雙鞋子。」（阿翁為汝經營鞋）恰巧，負責守門的傭人穿上了一雙新鞋子進來，鄭仁凱看到了，於是心生一計。

鄭仁凱知道大廳外有一棵樹，樹上有一個啄木鳥巢，於是請門夫脫去鞋子，爬上樹去取一隻小啄木鳥。待得門夫爬上樹上時，鄭仁凱就偷偷把門夫的新鞋拿給下人穿走。門夫下來後卻發現鞋子被「偷走」了，只好赤腳離開。對於自己的行為，鄭仁凱不但不覺得慚愧，反而「有德色」，自鳴得意。

鄭仁凱身為官員卻吝嗇如此，竟然要靠偷走別人的東西來賑濟他人。幸好「刺史」只是負責監察的官員，如果讓他掌管財政，你說後果會如何？

文章理解

1. 試解釋以下文句中的粗體字，並把答案寫在橫線上。

    (i) 不意**乃**受此累。   **乃**：＿＿＿＿＿＿＿

    (ii) **乃**急呼匠者葺治。   **乃**：＿＿＿＿＿＿＿

2. 試根據文意，把以下文句語譯為語體文。

    妻詰曰：「吾適爾，因汝家富。」

    ＿＿＿＿＿＿＿＿＿＿＿＿＿＿＿＿＿＿＿＿＿＿＿＿＿＿＿＿＿

3. 為甚麼迂公會被妻子責備？

    ＿＿＿＿＿＿＿＿＿＿＿＿＿＿＿＿＿＿＿＿＿＿＿＿＿＿＿＿＿

    ＿＿＿＿＿＿＿＿＿＿＿＿＿＿＿＿＿＿＿＿＿＿＿＿＿＿＿＿＿

4. 迂公最終找人修葺屋頂，是因為

    ○ A. 擔心自己會被妻兒拋棄。

    ○ B. 後悔吝嗇為家人帶來不便。

    ○ C. 受不住妻子和兒子的責備。

    ○ D. 明白到屋漏的情況非常嚴重。

5. 文末，迂公感歎白白浪費錢財的原因是甚麼？

    ＿＿＿＿＿＿＿＿＿＿＿＿＿＿＿＿＿＿＿＿＿＿＿＿＿＿＿＿＿

    ＿＿＿＿＿＿＿＿＿＿＿＿＿＿＿＿＿＿＿＿＿＿＿＿＿＿＿＿＿

6. 承上題，你認同迂公的想法嗎？為甚麼？試抒己見。

    ＿＿＿＿＿＿＿＿＿＿＿＿＿＿＿＿＿＿＿＿＿＿＿＿＿＿＿＿＿

    ＿＿＿＿＿＿＿＿＿＿＿＿＿＿＿＿＿＿＿＿＿＿＿＿＿＿＿＿＿

2 文徵明習字

每逢提到<u>文徵明</u>，大家也許會想到他只是有關<u>唐伯虎</u>的劇集、電影裏的「附屬品」，書畫水平不及<u>唐伯虎</u>。事實上<u>文徵明</u>的繪畫和書法水平，足以跟<u>唐伯虎</u>平起平坐，尤其是書法，可以説是有過之而無不及。

<u>文徵明</u>是從模仿<u>蘇軾</u>的字入手學習書法的，因為一絲不苟，所以逐漸有所進步。不過，單是一絲不苟是不足以成為名家的。在學習書法的路上，<u>李應禎</u>可以説是<u>文徵明</u>的啟蒙老師。有一次，他這樣跟<u>文徵明</u>説：「破卻工夫何至隨人腳？就令學成<u>王羲之</u>，只是他人書耳！」言下之意，就是鼓勵他要突破傳統，自創新格，而<u>文徵明</u>也終於不負所望，練成有獨特風致的書體。

原文 近代 · <u>馬宗霍</u>《書林紀事》

　　<u>文徵明</u>臨❶寫《千字文》❷，日以十本為率❸【律】（見「文言知識」），書遂大進。平生於書，未嘗苟且，或答人簡札❸【紮】，少不當意❹【噹】（見「文言知識」），必再三易之不厭，故愈老而愈益精妙。（見「文言知識」）

❶ 臨：臨帖，學習書法的入門方法
　之一。將字帖放在一旁，一邊觀
　看，一邊書寫。

❷《千字文》：南朝 梁的周興嗣（讀
　【字】）所撰，集合了一千個王羲
　之所寫的不同單字編寫而成，每

四字一句，隔句押韻，是舊時學
童必讀的啟蒙書籍。

❸ 率：標準、法度。

❹ 簡札：書信。

❺ 當意：符合心意。

文言知識

程度副詞

　　程度副詞，能夠表示事物特質的輕重程度，可以分為三類：表輕
度、表重度、表比較。

　　表示輕度的副詞有：稍、略、少（讀【小】）、頗、微等等，都可
以解作「稍為」。例如〈硯眼〉（見頁 076）有這句：

　　原文：小人嫌　其微　凸　。

　　譯文：我　嫌棄它稍為凸起。

　　表示重度的副詞有：頗、殊、甚、良、酷（解作「很」、「非
常」）；極、絕（解作「極度」）；至、最（解作「最」）；太、尤（解
作「太過」）等。譬如課文有這一句：

　　原文：書　　遂 大 進 。

　　譯文：書法技巧於是很有進步。

　　表示比較的副詞有，彌、愈、越（解作「越」、「越是」）；益、
愈、更、加（解作「更加」）等等。譬如〈臨江之麋〉（見頁 162）有
這句：

　　原文：益　　狎　。

　　譯文：越來越親暱。

　　馬宗霍，原名馬驤，生於 1897 年，是文字學家、史學家、書法家及書法評論家，師承於書法家曾熙。馬宗霍的著作甚多，當中《書林藻鑒》按時代順序，彙編歷代超過兩千位書法家的評價，而《書林紀事》則是編輯《書林藻鑒》時所衍生的「副產品」。

　　本文節錄自《書林紀事》，講述了文徵明學習書法的軼事。文徵明，原名文壁，字徵明，是明朝中期的書法家及畫家，與沈周、唐寅、仇英並稱為「明四家」或「吳門四家」。勤學苦練、一絲不苟，都是文徵明成為一代書法家的因素，故事藉此告訴我們：凡事只有腳踏實地，堅持不懈，才能達致成功。

談美德

一 絲 不 苟

　　今課我們把眼光放到其他國家。德國曾在二戰中戰敗，卻能在廢墟中極快地站起來，一躍成為科技大國，這跟德國人做事嚴謹的民族性不無關係。

　　據說德國人見面時打招呼的用語不是「你好」，而是「Alles in Ordnung」，意指「秩序還好吧」。又據說德國的鐵路服務幾乎沒有出現過「誤點」，因為他們在列車班次的設計上，不會讓自己出現錯漏。

　　正因為這種一絲不苟的民族性，德國才出現了發明歐洲活字印刷的約翰內斯・古騰貝格、流芳百世的音樂家貝多芬、影響後世思想的哲學家叔本華、統一德意志的政治家俾斯麥、創立相對論的物理學家愛恩斯坦……可見一個人、一間機構、一個地方想變得強大，應從細節開始，一絲不苟，做到最好。

文章理解

1. 試解釋以下文句中的粗體字，並把答案寫在橫線上。

   (i) **日**以十本為率。 日：＿＿＿＿＿＿

   (ii) 未嘗**苟且**。 苟且：＿＿＿＿＿＿

2. 試根據文意，把以下文句語譯為語體文。

   故愈老而愈益精妙。＿＿＿＿＿＿＿＿＿

3. 下列哪一句中「大」字的詞性和意思與其他的不同？

   ○ A. 阿大治。（〈少年治阿〉）

   ○ B. 擁大蓋。（〈御人之妻〉）

   ○ C. 書遂大進。（〈文徵明習字〉）

   ○ D. 褒姒大說。（〈擊鼓戲諸侯〉）

4. 何以見得文徵明對於書法「未嘗苟且」？

   ＿＿＿＿＿＿＿＿＿＿＿＿＿＿＿＿＿

   ＿＿＿＿＿＿＿＿＿＿＿＿＿＿＿＿＿

5. 下列哪一句中「少」字是與文中「少不當意」的「少」字同義的？

   ○ A. 少卻。（〈齊桓公好服紫〉）

   ○ B. 陶公少時。（〈陶母責子〉）

   ○ C. 見少鹽屑。（〈李惠杖審羊皮〉）

   ○ D. 鄰國之民不加少。（〈寡人之於國也〉）

6. 文徵明有甚麼值得我們學習的地方？

   ＿＿＿＿＿＿＿＿＿＿＿＿＿＿＿＿＿

   ＿＿＿＿＿＿＿＿＿＿＿＿＿＿＿＿＿

習慣說

　　如果你家中的牆壁，因日久失修而出現一個小破洞，你會怎樣處理？相信有許多人會說：「小破洞而已，不理也罷。」如果你作如是想，我就給大家說說一宗奪取四條人命的意外：

　　2010 年，馬頭圍道 45J 號發生唐樓倒塌意外。之所以發生倒塌，是因為該唐樓日久失修，加上地舖進行裝修期間，影響了主力牆的結構，從一小處裂縫開始，然後逐漸擴大，結果地面層開始倒塌，繼而將樓上四層逐一扯下，牆身更出現兩個大洞，磚頭、鋼筋外露。

　　因裝修而導致出現裂縫，人人都認為是理所當然的事，可是又有誰會知道那是樓房倒塌的警號？如果當初出現裂縫時，有人馬上停工，小心檢查樓宇結構，直至檢查完畢為止，那還會有四條人命被無辜犧牲嗎？

原文　清 · 劉蓉

　　蓉少時，讀書養晦堂之西偏 ❶ 一室；俛 ❷ 而讀，仰而思，思而弗得，輒起，繞室以旋 ❸。室有窪徑尺，浸淫 ❹ 日廣，每履之，足苦 ❺ 躓焉，既久而遂安之。

　　一日，父來室中，顧 ❻ 而笑曰：「一室之不治，何以天下國家為 ❼？」命童子取土平之。

【苦】見「文言知識」　見「文言知識」
見「文言知識」【接】　【侵】
【志】見「文言知識」
見「文言知識」
【圖】

後蓉〔李〕履其地，蹴〔速〕⑧然以驚，如土忽隆起者；俯視地，坦然則既平矣！已而⑨復然，又久而〔見「文言知識」〕後安之。

噫！習〔依〕之中⑩〔眾〕人甚矣哉！足履平地，不與窪適⑪也；及其久而〔見「文言知識」〕窪者若平，至使久而〔見「文言知識」〕即⑫乎其故，則反窒焉而〔見「文言知識」〕不寧⑬，故君子之學貴⑭慎始。

注釋

❶ 偏：側邊、側旁。

❷ 俛：俯。

❸ 旋：徘徊踱步。

❹ 浸淫：逐漸、漸漸。

❺ 苦：總是。

❻ 顧：看。

❼ 為：語氣助詞，表達反問的語氣。

❽ 蹴：踢。

❾ 已而：不久。

❿ 中：影響。

⓫ 適：適應。

⓬ 即：回復。

⓭ 寧：舒適。

⓮ 貴：重視。

虛詞「而」

「而」一般用作連詞，表示不同的複句關係。例如：

【一】表示並列關係。〈邴原泣學〉（見頁 068）有這一句：「過書舍而泣。」句子是指邴原「路過一間私塾時竟然低聲哭泣起來」，當中「而」字說明了邴原「過書舍」和「泣」是同時發生的，可以譯作「時」或「的時候」。

【二】表示承接關係。課文開首說：「仰而思。」當中「而」字表示「思」是緊接「仰」出現的，由此句子可以寫作：「抬頭就思索。」要留意的是，「而」字可以譯作「就」，有時也可以不用語譯。

【三】表示轉折關係。〈擊鼓戲諸侯〉（見頁 178）有這一句：「諸侯之兵數至而亡寇。」當中「而」字表示諸侯軍隊前來保護天子，是以為有侵略者，而事實卻並非如此，與諸侯所想的相反。由此句子可以譯作：「諸侯的軍隊多次前來，卻發現並沒有侵略者。」

【四】表示因果關係。課文最後一段有這句：「及其久而窪者若平。」當中「而」說明了「久」是「窪者若平」的原因，由此可以譯作：「到日子久了，因而感到水窪彷彿變得平坦。」

【五】表示假設關係。譬如《論語・為政》有這句：「人而無信，不知其可也。」當中「而」解作「如果」，假設了人沒有信用，後句就是這個假設下的結果。由此句子可以譯作：「人如果沒有信用，那麼不知道他是否可以辦好事情。」

「而」還可以用於其他種類的複句上，大家可以細讀有關文言連詞的介紹。

導讀

　　有人說過：「人是習慣性的動物。」一旦習慣了某件事情，就會怠惰下來，不肯改進。清代的劉蓉深明此道，於是借自己年少時的經歷，來帶出學習應有的態度。

　　劉蓉的書房裏有一個水窪，他起初踩踏其上時，總是被絆倒，可是時間一久，卻慢慢習慣起來。後來父親取笑他連一間書房也整治不了，又何來談治國？於是吩咐童僕填平水窪。水窪填平後，習慣了地面凹陷的劉蓉，當踩踏在水窪的原來位置時，卻感到地面好像凸起了似的，可是時間一久，他又再次習慣起來了。

　　由此，劉蓉悟出一個道理：習慣對人的影響非常深遠。他繼而把這個道理引申到學習上：如果一開始就出錯，並且將錯就錯，日子久了，就會習非成是，這對做學問是非常不利的。因此劉蓉就以「貴慎始」三字作結，作為給所有讀書人的鑒戒。

談美德

慎 始 敬 終

　　慎始敬終，就是指做任何事，從一開始就要小心謹慎，而且要堅持到最後。有一個成語叫「功虧一簣」，它出自《尚書·旅獒》。自從周武王滅了商朝後，聲威顯赫，周邊外族都來進貢。周朝以西有個叫「旅」的小國，進貢了幾隻獒（讀【敖】）犬。周武王有了這些獒犬後，就日夜與牠們嬉玩，幾乎忘了政事。

　　武王身邊的大臣召公奭（讀【色】）深知天下還未平定，害怕武王玩物喪志，因而失去天下，於是以堆積土山為比喻，說土山已經堆到九仞那麼高，只差一簣（盛載泥土用的竹器）的泥土就完成了，現在才說放棄，實在太可惜。召公奭以此勸告周武王不要到最後階段，才放棄為百姓平定天下的理想。

　　不論像劉蓉那樣治學，還是像周武王那樣治國，都貴在堅持，不能疏忽大意，應該慎始敬終。

1. 試解釋以下文句中的粗體字，並把答案寫在橫線上。

   (i) **俛**而讀。   俛：＿＿＿＿＿＿

   (ii) 每**履**之。   履：＿＿＿＿＿＿

   (iii) 命童子取土**平**之。   平：＿＿＿＿＿＿

2. 試根據文意，把以下文句語譯為語體文。

   思而弗得，輒起。

   ＿＿＿＿＿＿＿＿＿＿＿＿＿＿＿＿＿＿＿＿＿＿＿＿＿＿＿

3. 下列哪一項有關水窪的描述是正確的？

   ○ A. 被<u>劉蓉</u>親自填平。

   ○ B. 裏面有許多積水。

   ○ C. 直徑約有一尺長。

   ○ D. 在<u>劉蓉</u>家的大廳裏。

4. 為甚麼父親要取笑<u>劉蓉</u>？

   ＿＿＿＿＿＿＿＿＿＿＿＿＿＿＿＿＿＿＿＿＿＿＿＿＿＿＿

   ＿＿＿＿＿＿＿＿＿＿＿＿＿＿＿＿＿＿＿＿＿＿＿＿＿＿＿

5. 根據文章內容，填寫下列表格。

水窪	<u>劉蓉</u>踩踏時的感受
填平前	i.
填平後	ii.

6. 為甚麼劉蓉說「習之中人甚矣哉」？請根據文章內容加以說明。

(i) _____

_____

(ii) _____

_____

7. 下列哪一個句子中的「而」字，意思跟另外三個的不同？

○ A. 足苦躓焉，既久**而**遂安之。（〈習慣說〉）

○ B. 已而復然，又久**而**後安之。（〈習慣說〉）

○ C. 益脾**而**損齒。（〈囫圇吞棗〉）

○ D. 及其久**而**窪者若平。（〈習慣說〉）

8. 根據文章內容，回答以下問題：

(i) 劉蓉根據自己的經歷，想帶出甚麼道理？

_____

(ii) 請寫出這種寫作手法的名稱。

_____

(iii) 你認同這個道理嗎？試結合你的個人經驗，略作說明。

_____

_____

4 孟母擇鄰

筆者身邊不少友人，每隔幾年就會搬家一次。有一次，筆者問其中一位友人當中原因，友人回答說：「搬家是其次，選校才是主要原因。」原來這位友人為了讓孩子可以升讀（或轉讀）心儀或較好的學校，於是搬到相關的校網，希望可以取得更高的入學資格。筆者雖沒有子女，亦深信孩子的前途不一定與學校有直接關係，卻非常認同友人們的用心良苦，可真是現代孟母。

「孟母三遷」的故事，相信大家都聽過了：孟母從墳場搬到市集，再由市集搬到學校，為的都是希望孟子可以有良好的成長環境。那麼這個故事的原文是怎樣的？當中有哪些文言知識我們需要學習？

原文 據西漢・劉向《列女傳・母儀》略作改寫

　　鄒【周】孟軻【柯】之母也，號孟母，其舍近墓。孟子之少也，嬉遊為墓間之事，踴躍築埋❶。孟母曰：「此非吾**所以**居處❷子也。」（見「文言知識」【柱】）乃去舍市傍。其嬉戲為賈人衒【古】【願】賣之事。孟母又曰：「此非吾**所以**居處子也。」（見「文言知識」）復徙舍學宮之傍。其嬉遊乃設俎豆【阻逗】揖讓【泣】進退❻。孟母曰：「真可以居吾子矣。」遂居及。孟子長，學六藝❼，卒成大儒❽之名。君子曰：「孟母之善擇鄰，孟子**所以**成大儒也。」（見「文言知識」）

注釋

❶ 築埋：築墓穴、埋葬。

❷ 居處：居住。

❸ 衒：叫賣。

❹ 俎豆：都是用來盛載祭品的器具，這裏借指祭祀。

❺ 揖讓：拱手作揖，互相謙讓，是古代主人與客人見面時的禮儀。

❻ 進退：和長輩見面、告辭時的禮儀。

❼ 六藝：古代學生的六種科目，即：禮（禮儀）、樂（音樂）、射（射箭）、御（騎馬）、書（書法）、數（算術）。

❽ 大儒：道德學問修養極高的大學問家。

文言知識

虛詞「所以」

當助詞「所」和介詞「以」結合後，就能夠表示事情的原因、方法等等。

譬如〈愚人食鹽〉（見本叢書《初階》）裏有這句：「所以美者，緣有鹽故。」當中「所以」就是解作「……的原因」，或寫作「之所以……」。故此「所以美者，緣有鹽故」可以語譯為：「（食物）之所以變得美味，是因為加了鹽」。

又例如〈生於憂患，死於安樂〉（見頁 050）裏有「所以動心忍性」一句，當中「所以」解作「……的方法」，也可以寫作「藉此」，故此「所以動心忍性」可以語譯為：「藉此震撼他們的內心，使他們的性情堅韌起來」。

至於課文裏孟母說：「此非吾所以居處子也。」如果把「所以」理解為「……的方法」，則略嫌生硬，可以配合句中詞語「居處」（居住），寫作「……的地方」。

西漢後期，外戚對皇帝的影響力越來越大，作為儒家學者的劉向因而寫成了《列女傳》這本書，來勸諫當時的嬪妃及外戚。《列女傳》分為七卷，本文節錄自第一卷〈母儀〉——作為母親的典範，通過記述歷代君王、聖賢的母親的言行，藉此告誡后妃要好好教導皇帝。

本文記載了孟母教導孟子成材的經過：他們先後居住在墳墓和市集旁邊，結果孟子跟小朋友玩的，都是模仿巫師、商人舉動的遊戲，孟母認為這樣會影響孟子成長，於是搬到學校旁邊。這次孟子模仿的，是拜祭祖先、與人相處等禮儀，對孟子極有益處，孟母因而定居下來。

由於受到附近環境的薰陶，孟子長大後主動學習六藝，最終成為了地位極高的思想家，被稱為「亞聖」。

慎獨

環境會影響我們，因此我們要選擇理想的環境去生活；可是如果環境不能改變呢？那麼「慎獨」就變得非常重要了。

所謂「慎獨」，是指即使一個人獨處，也不能受環境影響，要堅持自己的原則。「慎獨」是儒家十分重視的課題，不少儒家典籍都曾提及。《禮記‧中庸》說：「君子慎其獨也。」君子獨處時，即使無人在旁監察，也應堅守原則，不做出違反禮義的事。就好像元代的許衡，與朋友在路上看到一棵沒有主人的梨樹，大家都蜂擁上前摘取來吃，唯獨許衡絲毫不動，他這樣說：「梨無主，吾心獨（難道）無主乎？」

在現實生活中，我們不論遇上甚麼誘惑，也要堅守心中的原則，坐懷不亂，不為利誘，做一個「慎獨」的君子。

文章理解

1. 試解釋以下文句中的粗體字，並把答案寫在橫線上。

   (i) 乃**去**舍市傍。　　　　　　　　　　　　**去**：＿＿＿＿＿

   (ii) 其嬉戲為**賈人**衒賣之事。　　　　　**賈人**：＿＿＿＿＿

   (iii) **卒**成大儒之名。　　　　　　　　　　　**卒**：＿＿＿＿＿

2. 試根據文意，把以下文句語譯為語體文。

   真可以居吾子矣。

   　＿＿＿＿＿＿＿＿＿＿＿＿＿＿＿＿＿＿＿＿＿＿＿＿

3. 孟母和孟子先後在哪些地方居住？孟子在這些地方居住，玩的都
   是甚麼遊戲？

   (i) 在＿＿＿＿＿旁邊；模仿＿＿＿＿＿＿＿＿＿＿＿＿

   (ii) 在＿＿＿＿＿旁邊；模仿＿＿＿＿＿＿＿＿＿＿＿＿

4. 孟母搬到學校附近居住後，孟子學會了甚麼？

   ①儒家六藝。　　　　　　　②祭祀祖先的禮儀。

   ③與長者見面的禮儀。　　　④與客人見面的禮儀。

   ○ A. ②③　　　　　　　　　○ B. ③④

   ○ C. ②③④　　　　　　　　○ D. 以上皆是

5. 文末的「君子曰」怎樣評論孟母的舉措？請以自己的文字作簡單
   說明。

   　＿＿＿＿＿＿＿＿＿＿＿＿＿＿＿＿＿＿＿＿＿＿＿＿＿＿

   　＿＿＿＿＿＿＿＿＿＿＿＿＿＿＿＿＿＿＿＿＿＿＿＿＿＿

5 芒山盜臨刑

1998 年，香港有一套長篇電視劇，叫做《天地豪情》。故事其中一條主線，是主角之一的富家子甘亮宏，被發現是窮親母為了報復，因而在他剛出生時調包到豪門的孩子。結果他被逐出家門，繼而做出許多自暴自棄，甚至是傷天害理的事，最後不得善終。

當時坊間為這個角色爭論不休，有些人認為他的身世可憐，卻得不到身邊的人同情，才會墮入萬劫不復之境；也有些人認為他是咎由自取的，縱使母親有錯，也不可以把身邊的人牽連在內。

本課的主角——芒山盜——的處境，跟電視劇中那位富家子相若，同樣因母親的一個舉動，而讓自己踏上不歸路。不知道大家又會怎樣評價這位強盜和他的母親？

原文 據明・陳繼儒《讀書鏡・卷一》略作改寫

宣和間，芒【忙】山有盜臨刑，母來與之訣。盜對母云：「願如小兒時一吮【syun5】母乳，死且【見「文言知識」】無憾。」母與❶之乳，盜齧【熟】❷斷乳頭，流血滿地，母死。

盜因【見「文言知識」】告刑者曰：「吾少也，盜一菜一薪，吾母見而喜之。以至不檢❸，遂有今日，故【見「文言知識」】恨殺之。」嗚呼！夫【扶】❹語「教子嬰孩」，不虛也。

注釋

❶ 與：給予。

❷ 齧：用牙咬。

❸ 檢：約束。

❹ 夫：發語詞，無實際意思。

文言知識

文言連詞（一）

　　承接複句：表示後句的事情緊接前句出現。常見連詞有：因、而、便、遂、則、於是（解作「於是」、「就」、「然後」、「繼而」）。例如〈屈原至於江濱〉（見頁 102）最後有這一句：

　　原文：作 〈懷沙之賦〉，於是懷 石 。

　　譯文：創作〈懷沙〉賦 ，然後抱着石頭。

　　當中「於是」一詞說明屈原抱着石頭，是緊接「作〈懷沙之賦〉」之後發生的。

　　因果複句：表示事情的原因和結果。常見連詞有：因（解作「因為」）；而、因、故、是以（解作「因此」）。〈哀溺文序〉（見本叢書《初階》）有這一句：

　　原文：吾腰 千 錢 ， 重，是以後 。

　　譯文：我在腰上掛上了許多銅錢，十分重，所以落後了。

　　當中「是以」一詞解釋了落後的原因：「吾腰千錢，重」。

　　假設複句：表示假設的情況和對應的結果。常見連詞有：如、若、苟、使、向使（解作「如果」）；則（解作「就」、「那麼」）；且（解作「即使……也」）。例如課文開首：

　　原文： 死 且無 憾 。

　　譯文：即使死了，也沒有遺憾。

　　當中「且」一字說明了就算強盜真的死了，也會因為能夠吮吸母親的乳頭而沒有遺憾。

　　《讀書鏡》之所以用「鏡」為名，是因為陳繼儒希望書中的故事可以起到借鑒的作用，使後人讀到這本書時，可以警惕自己。

　　本課〈芒山盜臨刑〉節錄自《讀書鏡》的卷一，標題是後人所改的。故事講述宋徽宗 宣和年間，有一個強盜即將被處死，死前跟母親說出自己的願望：像小時候一樣吸吮母親的乳頭喝奶。母親不虞有詐，答應了強盜，卻被強盜咬斷乳頭，最終血流遍地而死。

　　為甚麼強盜要咬斷母親的乳頭？這跟他的童年有關：原來強盜年幼時，偷了一棵菜和一根柴回家，母親竟然喜歡他這樣做，結果種下了禍根，使他日後變成強盜，墮入萬劫不復的境地。

　　強盜要服刑，固然責無旁貸；可是母親縱容兒子做壞事，結果連累兒子受死，甚至連自己也不得善終，又是否咎由自取？

以 身 作 則

　　相信大家都聽過「曾子殺豬」的故事：曾子的太太為了打發兒子曾元，於是隨口說回家後煮豬肉給他吃。回家後，太太卻發現曾子正準備宰豬。曾子說：「孩子還小，沒有判斷能力，做父母的就要以身作則，不能說謊，否則孩子會有樣學樣。」

　　不只是「誠實」，就連「孝順」，曾子也做到以身作則。《孟子・離婁上》這樣說：「曾子養曾晢，必有酒肉。曾晢問有餘，必曰『有』。」曾子奉養父親曾晢，一定給他足夠的酒肉。古時，老人家會先吃飯菜，把吃剩的留給晚輩吃，如果飯菜不夠，老人家就會少吃一點，因此曾子總是說酒肉有餘，好讓父親吃得安心。到後來，曾子老了，由曾元奉養。曾元學着父親當年奉養祖父的做法，必先給父親吃飯，而且總是說家裏有多出的酒肉，不讓父親擔心。

　　坊間常常戲謔道：「生仔要考牌。」其實，不只是父母，師長、上司等等，「以身作則」都是他們的必修課。

文章理解

1. 試解釋以下文句中的粗體字，並把答案寫在橫線上。

   (i) 芒山有盜**臨**刑。 　　　　　　臨：_____

   (ii) 吾母見而**喜**之。 　　　　　　喜：_____

   (iii) 不**虛**也。 　　　　　　　　虛：_____

2. 試根據文意，把以下文句語譯為語體文。

   盜因告刑者曰。

   _____

3. 母親要之所以要前往刑場，是因為她想

   ○ A. 營救兒子。　　　　　○ B. 替兒子行刑。

   ○ C. 為兒子求情。　　　　○ D. 跟兒子道別。

4. 強盜對母親有甚麼請求？

   _____

5. 為甚麼強盜要殺死母親？

   _____

   _____

6. 根據文章內容，判斷以下陳述。

	正確	錯誤	無從判斷
(i) 強盜小時候家境貧困。	○	○	○
(ii) 強盜小時候偷去了貴重物品。	○	○	○

7. 你認為強盜有這樣的結局，誰的責任較大？

   _____

   _____

6

寡人之於國也（上）

魏國是戰國時代最快崛起的諸侯國，全因魏文侯任用李悝推行全面改革。可惜，所謂「富不過三代」，第三代國君梁惠王（魏惠王）可謂成事不足、敗事有餘。

梁惠王不相信身邊的臣子。他不但聽信讒言，疏遠了忠心的武將龐葱，而且不聽公孫痤的建議——要麼任用、要麼斬殺商鞅，結果白白讓商鞅入秦，為秦孝公推行變法，從此扭轉了天下局勢。

梁惠王更荒於理政：國家發生饑荒，只是把百姓遷徙到其他地方，卻始終不根本解決糧食問題。更荒謬的是，他竟然覺得自己比起其他諸侯更用心施政，進而埋怨百姓不肯歸附自己。

原文 《孟子·梁惠王上》

梁惠王曰：「寡人之於國也，盡心焉耳矣【言】。河內凶 ❶，則移其民於河東，移其 ❷ 粟於河內。河東凶亦然。察鄰國之政，無如寡人之用心者。鄰國之民不加少，寡人之民不加多，何也？」

孟子對曰：「王好戰，請以戰喻。填 ❸ 然鼓之【耗】，兵刃 ❹ 既接【孕】，棄甲曳兵而走。或百步而後止，或五十步而後止。以 ❺ 五十步笑百步，則何如 ❻？」

曰：「不可，直 ❼ 不百步耳，是亦走也！」

032
033

注釋

❶ 河內凶：黃河以北發生饑荒。

❷ 其：這裏指黃河以東。

❸ 填：擊鼓聲。

❹ 兵刃：本指兵器，這裏借指交戰
雙方。

❺ 以：恃着、憑藉。

❻ 何如：如何、怎麼樣。

❼ 直：只是、只不過。

文言知識

語 氣 助 詞 （一）

　　文言文裏也有語氣助詞，位處句子的末尾，以表達不同的語氣。這課講解表達陳述、疑問、感歎的語氣助詞。

　　【一】表達陳述語氣，見於肯定句或陳述句。例子有：也、矣、耳、爾、焉（讀【言】），一般不用語譯，或者可以語譯為「了」。例如本課開首：

　　盡心焉耳矣。（費盡心血了。）

　　這裏要說明的是，此句子連續用了三個語氣助詞「焉」、「耳」、「矣」，以強調肯定的語氣。

　　【二】表達疑問或反問的語氣，例子有：也、乎、哉、焉、耶、邪（讀【爺】）、與（讀【如】）、歟（讀【如】），相當於「嗎」、「呢」。例如：

　　原文：子非　　三閭大夫　　歟？（〈屈原至於江濱〉）

　　譯文：你不就是三閭大夫屈原嗎？

　　【三】表達驚歎的語氣，例子有：也、矣、夫（讀【符】）、乎、哉、耶、邪、焉、與、歟，相當於「呢」、「啊」。例如：

　　原文：　　　非　人哉！（〈陳太丘與友期行〉）

　　譯文：他真的不是人啊！

　　《孟子》全書分為七章，每章再分為上、下兩部分，共得十四章。本課節錄自〈梁惠王上〉的開首，標題是後人所加的。

　　〈寡人之於國也〉體現了孟子的仁政思想。所謂「仁政」，就是「不忍人之政」，即是說所有政策都以百姓為基礎，不忍心百姓處於水深火熱之中。

　　可是當時魏國的梁惠王卻認為自己的政策比其他國家更為百姓着想：河內發生饑荒，就把當地居民遷徙到河東，把河東的糧食遷徙到河內，可是這解決不了根本問題。孟子認為梁惠王沒有反省自己的錯處，於是以逃跑了五十步和一百步的逃兵為喻，要梁惠王給予評價。梁惠王說「是亦走也」：不論走了多少步，也是逃跑。其實他已經中了孟子的圈套：梁惠王的所謂「仁政」，其實跟其他國家的政策都是一樣的差。

自 我 反 省

　　孔子有個叫宰予的弟子，能說會道，很有口才。一開始，孔子對他的印象不錯，可是後來才發現他「貨不對版」：既無仁德，又十分懶惰，大白天只愛躺在牀上睡大覺。孔子因而罵他是「朽木不可雕」。

　　孔子有另一個弟子，叫做子羽。子羽想跟隨孔子學習，卻因為相貌十分醜陋，因而被孔子認為他資質低下，不會成才。事實上，子羽跟隨孔子後，努力學習，學成後更會修身實踐。後來，子羽到長江遊歷，跟隨他的弟子有三百人，聲譽很高，各國諸侯都傳誦着他的名字。

　　孔子經過這兩件事後，便感慨地說：「吾以言取人，失之宰予；以貌取人，失之子羽。」貴為聖人，孔子尚且需要時刻反省，那麼作為普通人的我們，就更加要學會自我反省，不要諉過於人。

文章理解

1. 試解釋以下文句中的粗體字，並把答案寫在橫線上。

   (i) 河東凶亦**然**。 **然**：＿＿＿＿＿＿

   (ii) 棄甲**曳**兵而走。 **曳**：＿＿＿＿＿＿

2. 試根據文意，把以下文句語譯為語體文。

   鄰國之民不加少，寡人之民不加多，何也？

   ＿＿＿＿＿＿＿＿＿＿＿＿＿＿＿＿＿＿＿＿＿

3. 梁惠王認為自己怎樣盡心為國為民？

   ＿＿＿＿＿＿＿＿＿＿＿＿＿＿＿＿＿＿＿＿＿

   ＿＿＿＿＿＿＿＿＿＿＿＿＿＿＿＿＿＿＿＿＿

4. 承上題，你認為梁惠王的做法真的為國為民嗎？為甚麼？

   ＿＿＿＿＿＿＿＿＿＿＿＿＿＿＿＿＿＿＿＿＿

   ＿＿＿＿＿＿＿＿＿＿＿＿＿＿＿＿＿＿＿＿＿

5. 對於逃跑了五十步的士兵取笑逃跑了一百步的士兵，梁惠王有甚麼評價？

   ＿＿＿＿＿＿＿＿＿＿＿＿＿＿＿＿＿＿＿＿＿

6. 孟子以戰爭來比喻，實際上想梁惠王承認甚麼事情？

   ＿＿＿＿＿＿＿＿＿＿＿＿＿＿＿＿＿＿＿＿＿

7. 孟子的比喻後來衍生出哪一句諺語？

第 2 章

曹劌論戰（上）

十年，春，齊師伐我。

公將戰，曹劌請見。

其鄉人曰：「肉食者謀之，毋間。」

劌曰：「肉食者鄙，未能遠謀。」

勇毅

勇字從「力」。

大家都把「力」解作「武力」，

認為勇者都得打打殺殺，幹一番大事業。

事實上，這個力是指「動力」，

孔子說：「見義不為，無勇也。」

見到應該要做的正確事情，我們就去做，

去計劃自己的人生，

去扭轉不公的情況，

去吃點眼前的苦頭，

這才是真正的「勇」。

本章的四個故事：〈為學一首示子姪〉（節錄）、〈乘風破浪〉、

〈曹劌論戰〉（上）、〈生於憂患，死於安樂〉，

將會告訴大家，

怎樣在不公中發掘「勇」，

怎樣在困境中培養「毅」。

為學一首示子姪（節錄）

曾經在網上看過一項挑戰：說出你堅持了三年以上的事情。筆者第一時間就想到：寫詩。

筆者在中學時代就開始寫古詩，後來也學填詞。起初不是很順利，一來寫得不好，二來被同學嘲笑：「你明明是現代人，為甚麼要寫古詩呢？」「寫這些沒人看得明白的東西，你覺得有用嗎？」面對百般取笑，筆者沒有理會，反而繼續學習、繼續寫作、繼續修改、繼續改進，直到接近三十年後的今天。

筆者不覺得自己寫的作品很好，可是如果當時因為別人的冷嘲熱諷，就不肯堅持下去，那麼今天有的就只是「遺憾」二字，而不是一張又一張的詩稿。

原文 清・彭端淑

蜀之鄙❶有二僧：其一貧，其一富。貧者語於富者曰：「吾欲之南海，何如？」富者曰：「子何恃❷而往？」曰：「吾一瓶一缽❸足矣。」富者曰：「吾數年來欲買❹舟而下，猶未能也，子何恃而往？」

越明年❺，貧者自南海還，以告富者，富者有慚色。西蜀之去南海，不知幾千里也，僧之富者不能至，而貧者至之。人之立志，顧❻不如蜀鄙之僧哉？

注釋

① 鄙：邊境。

② 恃：憑藉。

③ 缽：盛飯用的圓形器皿。

④ 買：這裏解作「租用」。

⑤ 越明年：過了第二年，也就是「到了第三年」。

⑥ 顧：難道。

文言知識

虛詞「之」

「之」的本義是「前往」，後來演化出不同作用的虛詞：

【一】 用作結構助詞，相當於「的」。〈孟母擇鄰〉（見頁 024）「孟軻之母」這句就是指「孟軻的母親」。

【二】 用作人稱代詞，即「他 / 她 / 牠 / 它（們）」。〈多歧亡羊〉裏（見頁 056）「奚亡之」這句，就應該譯作「為甚麼丟失了牠（羊）？」

【三】 用作指示代詞，相當於「這」。〈繆賢薦藺相如〉（見 152）開首有「秦昭王聞之」一句，當中「之」字是指代前文「趙惠文王時，得楚 和氏璧」這件事。

【四】 用作結構助詞，表示描述事物的定語和名詞出現倒裝（次序對調），通常會配合另一個虛詞——者。譬如〈屈原至於江濱〉（見頁 102）有「受物之汶汶者乎」這句。「汶汶」解作污穢，是用來描述名詞「物」的定語，理應出現在「物」的前面。此處用「之」來表示次序出現了對調。

語譯時，應該先把倒裝了的名詞和定語對調，然後在兩者之間加上結構助詞「的」，同時刪除「之」、「者」二字不譯。換言之，「物之汶汶」就應該譯作「污穢（汶汶）的外物（物）」。

彭端淑小時候非常勤學，十二歲就入縣學，與同族兄弟一起到紫雲寺讀書。他之所以要寫這篇〈為學一首示子姪〉，目的就是要提醒家中子姪做學問（為學）的態度：凡事有難易之分，肯去做，就是易事；不肯做，就是難事，學習亦然。

本課課文就是節錄自文章的後半部分，以四川邊境一貧一富兩位僧人的故事來說明這個道理：富僧想前往南海，可是總有許多藉口，因此遲遲不能成行；貧僧的各項條件都比富僧差得多，卻由於願意去做，因此只需要一兩年，就能達成夢想。

文末「人之立志，顧不如蜀鄙之僧哉？」一句，實際上就是諷刺那些不肯立定志向的人，連貧窮的僧人也不如，藉此鼓勵子姪要立定志向讀書，不要自我設限，給自己種種藉口。

堅 毅

范仲淹一歲時，父親不幸逝世，母親謝氏於是帶着范仲淹返回蘇州，想為丈夫守喪。可是范氏家族卻不肯接納他們，棄他們於不顧。謝氏只好改嫁朱文翰，而范仲淹也只得改名換姓。

成年後，范仲淹得知自己身世，於是辭別母親，到應天府讀書，後來又到醴泉寺寄住，讀書三年。他每天只煮一鍋粥，將醃菜分為四份，早晚各吃兩份，史稱「斷虀畫粥」。

到了二十五歲時，范仲淹登第，成為進士。多年來，范仲淹這麼刻苦，為的是甚麼？就是為了有出人頭地的一天，為自己和母親爭回一口氣──要求范氏家族讓自己恢復范姓。范氏家族起初仍諸多刁難，後來知道范仲淹別無他求，便答應了他。

如果范仲淹當初不肯堅持艱苦的學習生活，不肯堅持恢復自己的身份，那麼還會有名垂千古的「慶曆變法」和〈岳陽樓記〉嗎？

文章理解

1. 試分析以下「之」字的詞性及字義，把答案填在表格裏。

句子	詞性	字義
蜀之鄙有二僧。	i.	ii.
吾欲之南海。	iii.	iv.
而貧者至之。	v.	vi.

2. 試根據文意，把以下文句語譯為語體文。

僧之富者不能至。

_____

3. 根據文章內容，判斷以下陳述。

	正確	錯誤	無從判斷
(i) 貧僧認為即使有錢也不能前往南海。	◯	◯	◯
(ii) 貧僧表示會憑藉堅毅精神前往南海。	◯	◯	◯

4. 富僧有的是錢，為甚麼多年來始終沒法前往南海？

_____

_____

5. 對於做學問，作者曾經說過：「昏與庸，可限而不可限。」這句話是甚麼意思？這跟貧僧前往南海有甚麼關係？

_____

_____

6. 課文主要用了哪兩種論證手法？

_____ 論證及 _____ 論證

乘風破浪

　　凡是名垂千古的人，他們在少年時多是不被別人看好，因為他們的想法往往都跟世俗的不同，因而成為眾人詬病的對象。不過只要願意在少年時立志，努力不懈，向着自己的目標邁進，那麼總會有出頭的一天。

　　正如本課故事的主角——宗慤，他年少立志，希望可以闖蕩天下，卻不被鄉人所接納。不過他沒有氣餒，繼續在武藝上努力，因而一直扶搖直上，最終成為了宋文帝的左右手。

　　志向無分大小，可是一定要趁年少時立定，否則到長大了後，就未必有如此動力了。

原文 南朝·梁·沈約《宋書·宗慤傳》

　　宗慤【確】字元幹，南陽人也。叔父炳，高尚❶不仕。慤年少時，炳問其志，慤曰：「願乘長風❷破萬里浪。」炳曰：「汝不富貴，即破我家❸矣。」

　　兄泌【祕】娶妻，始入門❹，夜被【見「文言知識」】劫，慤年十四，挺身拒賊，賊十餘人皆披散【傘】❺，不得入室。

　　時天下無事，士人並以文義為業。炳素高節，諸子羣從❻【仲】皆好學，而慤獨任氣❼好武，故不為【見「文言知識」】鄉曲所稱。

注釋

① 高尚：品格清高。

② 長風：大風。

③ 家：這裏指家聲。

④ 入門：婦女嫁到男家，相當於「過門」。

⑤ 披散：這裏指敗退。

⑥ 從：指同宗的堂房親屬，如：叔父、堂兄、姪子等。

⑦ 氣：這裏指情緒、意氣。

文言知識

文 言 被 動 句 （ 一 ）

　　「被動句」就是表示被動者和主動者之間關係的句子。根據句中所用的介詞，文言被動句句式可以分為四種，本課先介紹首兩種：

　　（一）使用介詞「被」。這種句式的結構如下：

　　被動者＋被（＋主動者）＋動詞

　　作為表示被動的介詞，「被」的用法跟今天的一樣，語譯時保留原詞即可。譬如〈明日歌〉裏有這一句：「世人苦被明日累」，就是說「世上的人被『明天』拖累，十分苦惱」。

　　（二）使用介詞「為」。這種句式的結構如下：

　　被動者＋為（＋主動者）＋動詞

　　在這裏，「為」也解作「被」。譬如寓言故事〈守株待兔〉有這一句：「身為宋國笑」，就是指農夫自身被宋國上下取笑。

　　這種句式有時會在動詞前加上助詞「所」，語譯時卻可以省略不寫。譬如〈張元飼棄狗〉（見本叢書《初階》）有「叔父為蛇所嚙」一句，就是說「叔父被蛇咬」。

　　《宋書》是記述南朝第一個王朝——劉宋——接近六十年歷史的史書，由梁朝的沈約編撰。本課節錄自朱修之、宗愨和王玄謨（讀【無】）的合傳，三位皆是劉宋的名將。

　　宗愨年少時已練得一身好武功，他的叔父卻以讀書為要務。有次叔父問及宗愨的志向，宗愨以「願乘長風破萬里浪」一句回答，暗示自己不想埋首於書堆，希望騎着戰馬，馳騁天下。叔父不以為然，於是說：「你要麼變得大富大貴，否則一定會敗壞我們的家聲。」成語「乘風破浪」亦由此而來，表示志向遠大，不畏艱難，奮勇前進。

　　宗愨「任氣好武」，雖然得不到同鄉的認同，但他依然不負當時叔父的寄望，成為劉宋的將領，討伐林邑、雍州的蠻夷、反叛的劉劭，官至安西將軍、寧蠻校尉、雍州刺史。

年 少 立 志

　　「周處除三害」的故事，大家也許都聽過，可是除了三害後的周處又經歷了甚麼事？

　　剷除了老虎和蛟龍後，周處發現自己竟是第三害。不過他沒有因此自暴自棄，反而「自知為人所惡，乃慨然有改勵之志」（《晉書·周處傳》），拜文學家陸機、陸雲為師。

　　據《世說新語》記載，周處遇見陸雲後，就說：「欲自修改，而年已蹉跎，終無所成。」陸雲卻認為他「前途尚可」，於是告訴周處，只要趁年少時立志，「何憂令名不彰邪」（何必擔心美好的名聲不能顯揚）。周處聽見後，知道自己年輕，為時未晚，於是立下志向，努力讀書、修煉武藝，最終得到朝廷重用。可見，只要肯立志，再艱難的人生路一樣也可以走過。

文章理解

1. 試解釋以下文句中的粗體字，並把答案寫在橫線上。

   (i) 高尚不**仕**。　　　　　　　　**仕**：＿＿＿＿＿

   (ii) 時天下**無事**。　　　　　　　**無事**：＿＿＿＿＿

2. 試根據文意，把以下文句語譯為語體文。

   故不為鄉曲所稱。

   ＿＿＿＿＿＿＿＿＿＿＿＿＿＿＿＿＿＿＿＿＿

3. 宗愨有甚麼志向？叔父又有甚麼回應？

   (i) 志向：＿＿＿＿＿＿＿＿＿＿＿＿＿＿＿＿

   (ii) 回應：＿＿＿＿＿＿＿＿＿＿＿＿＿＿＿＿

4. 承上題，宗愨的志向衍生出哪一個成語？

5. 宗泌成親當晚發生了甚麼事？宗愨怎樣應對？最後如何？

   ＿＿＿＿＿＿＿＿＿＿＿＿＿＿＿＿＿＿＿＿＿

   ＿＿＿＿＿＿＿＿＿＿＿＿＿＿＿＿＿＿＿＿＿

6. 為甚麼宗愨得不到同鄉的認同？

   ①因為宗愨喜歡武藝。　　②因為宗愨不喜歡讀書。

   ③因為宗愨不尊重叔父。　　④因為宗愨為人意氣用事。

   ○ A. ①②　　　　　　　○ B. ②④

   ○ C. ①②④　　　　　　○ D. ①③④

9 曹劌論戰（上）

韓愈說過：「不平則鳴。」范仲淹也說過：「寧鳴而死，不默而生。」都是指受到委屈和壓迫時，要發出不滿和反抗的呼聲。當然，我們未必需要反抗，但總要懷有一顆願意「走出來」、為大家扭轉困局的心。

齊桓公以大欺小，無端侵略魯國。魯莊公卻依靠一班「未能遠謀」的高官來商議戰事，必然九死一生。曹劌不忍心魯軍就此戰敗，於是即使面對鄉人的阻撓，也決意求見魯莊公，告訴他迎戰取勝的唯一條件。

原文 據《左傳・莊公十年》略作改寫

十年，春，齊師伐我，公將戰，曹劌請見。其鄉人曰：「肉食者謀之，毋【貴】間 ❶。」劌曰：「肉食者鄙 ❷，未能遠謀。」見「文言知識」
見「文言知識」

乃入見，問：「何以戰？」公曰：「衣食所安 ❸，弗敢專也，必見「文言知識」以分人。」對曰：「小惠未遍，民弗從也。」公曰：「犧牲玉帛 ❹，弗敢加 ❺也，必以信。」對曰：「小信未孚 ❻【膚】，神弗福也。」公曰：「小大之獄 ❼，雖不能察，必以情。」對曰：「忠之屬 ❽也，可以一戰，戰則請從 ❾。」

注釋

① 間：參與。

② 鄙：見識淺薄。

③ 安：這裏解作養生。

④ 犧牲玉帛：犧牲，祭祀時所用的豬牛羊。帛，絲織品。

⑤ 加：誇大數目。

⑥ 孚：取得信任。

⑦ 獄：訴訟案件。

⑧ 屬：類別，這裏可以理解為「……的事情」。

⑨ 從：跟從。

文言知識

表示「否定」的副詞

表示「否定」的副詞，可以用來表示某事物沒有發生或出現，例子有：不、弗（讀【忽】）、未、勿、無、毋（讀【無】）、莫、非、匪、靡（讀【美】）等等，意思相當於「不」、「沒有」。

譬如課文第一段「未能遠謀」的「未」相當於「還不」，「遠謀」解作「長遠地謀劃」。整個句子就是說那些當官的人「還不能長遠地謀劃」。

這類副詞還能夠表示阻止他人做某件事，意思相當於「不要」，例子有：勿、毋、莫、無等等。

譬如〈殺駝破甕〉（見頁 094）裏有這一句：「汝莫愁也！」就是老人對文中主角說：「你不要發愁呢！」

要留意的是，「沒」在古代多解作「沉沒」、「沒收」、「消失」等，甚少解作「沒有」。

《左傳》相傳為左丘明所編寫，以孔子所編撰的《春秋》為藍本，並以魯國君主在位年份為主軸，記述春秋時期各國發生的史事。

本課所記載的，是爆發於魯莊公十年（公元前 684 年）的長勺之戰。齊桓公即位前，曾與公子糾爭奪君位；即位後，竟藉詞魯國曾幫助公子糾，因而興兵攻魯。

開戰前，曹劌請求莊公接見，卻被同鄉阻止，說他太多事。曹劌說正因朝中大臣都是平庸之輩，他才不得已出手，為魯莊公獻計。

與莊公見面時，曹劌問到莊公憑甚麼迎戰，莊公回答是靠大臣幫忙和神靈庇佑，曹劌卻表示他們都不足以左右大局；後來莊公提到會憑實情來給百姓判斷案件，曹劌才看到轉機：他認為，君主只有做好本分，替百姓着想，百姓才會與國家站在同一陣線，上陣奮勇抗敵。有關這場戰爭的經過，請閱讀〈曹劌論戰〉（下）。

見義勇為

真正的「勇」，並非像在胸口掛上「勇」字的清兵那樣，盲目前進，而是能做到孔子口中的「見義勇為」。

在《論語·為政》中，孔子說：「見義不為，無勇也。」義，在這裏不是指「正義」，而是指「正確」。如果連看到正確、應該要做的事情都不去做，根本就談不上「勇」；換言之，真正的「勇」，就是去做正確的事。

天氣寒冷時，幫忙留意獨居的鄰居長者；在巴士站，幫忙視障人士，扶他們上、下車；在學校，參與不同的學會或活動，幫助有需要的同學或居民；在街上，幫忙長者推動滿載紙皮的手推車……其實，一些微不足道但正確的事情，只要我們願意走出第一步去做，受惠的人一定會非常多。

文章理解

1. 試解釋以下文句中的粗體字，並把答案寫在橫線上。

   (i) 曹劌**請**見。　　　　　　　　　　請：＿＿＿＿＿＿＿＿

   (ii) 戰則**請**從。　　　　　　　　　　請：＿＿＿＿＿＿＿＿

2. 試根據文意，把以下文句語譯為語體文。

   肉食者鄙，未能遠謀。

   ＿＿＿＿＿＿＿＿＿＿＿＿＿＿＿＿＿＿＿＿＿＿＿＿＿＿＿＿＿

3. 同鄉勸告曹劌甚麼事情？原因是甚麼？

   ＿＿＿＿＿＿＿＿＿＿＿＿＿＿＿＿＿＿＿＿＿＿＿＿＿＿＿＿＿

4. 魯莊公先後表示憑藉甚麼條件來打勝仗？原因又是甚麼？

憑藉條件	原因
大臣效忠	i.
ii.	iii.
iv.	會根據實情來判斷每宗訴訟案件

5. 承上題，曹劌認為哪一項條件才值得依靠？你認為原因是甚麼？

   ＿＿＿＿＿＿＿＿＿＿＿＿＿＿＿＿＿＿＿＿＿＿＿＿＿＿＿＿＿

   ＿＿＿＿＿＿＿＿＿＿＿＿＿＿＿＿＿＿＿＿＿＿＿＿＿＿＿＿＿

6. 根據本文，曹劌是個怎樣的人？請根據本文內容加以說明。

   ＿＿＿＿＿＿＿＿＿＿＿＿＿＿＿＿＿＿＿＿＿＿＿＿＿＿＿＿＿

   ＿＿＿＿＿＿＿＿＿＿＿＿＿＿＿＿＿＿＿＿＿＿＿＿＿＿＿＿＿

10　生於憂患，死於安樂

　　在寒冷的冬天，梅花不但不會凍死，反而綻放出花香，傲然獨立於白茫茫的天地之間。因此唐代 黃檗（讀【百】）禪師在詩作〈上堂開示頌〉說：「不經一番寒徹骨，哪得梅花撲鼻香？」

　　是的，不經歷過寒冬，梅花也許不過是春生秋死的紜紜凡花；不經歷過人生的苦難，舜、傅說、膠鬲、管仲、孫叔敖和百里奚，也不過是普通人而已。可見，孟子眼中真正的「安樂」，不是坐擁名、利、權、位，而是經歷過種種「憂患」，懂得掙扎求存，從黑暗中尋找光明。

原文　《孟子・告子下》

　　舜發於畎［犬］畝之中 ❶，傅說舉於版築之間［月］ ❷，膠鬲［隔］舉於魚鹽之中 ❸，管夷吾舉於士 ❹，孫叔敖舉於海 ❺，百里奚［兮］舉於市 ❻。故天將降大任於是人也，必先苦［見「文言知識」］其心志，勞［見「文言知識」］其筋骨，餓［見「文言知識」］其體膚，空乏［見「文言知識」］其身，行拂亂［忽］其所為 ❼，所以動心忍性 ❽［見「文言知識」］，曾［增］益其所不能 ❽［見「文言知識」］。然後知生於憂患而死於安樂也。

注釋

❶ 舜發於畎畝之中：舜曾在濟南的歷山耕田，教化百姓，因而被堯提拔。發，發現、提拔。畎畝，田野。

❷ 傅説舉於版築之間：<u>傅説</u>本是負責建築土牆的奴隸，後來被<u>商王 武丁</u>發掘其才華，舉薦為宰相。版築，建築土牆。閒，同「間」。

❸ 膠鬲舉於魚鹽之中：<u>膠鬲</u>本以捕魚、賣鹽為生，後來被<u>周文王</u>推薦給<u>商紂王</u>，作為推翻<u>紂王</u>的內應。

❹ 管夷吾舉於士：<u>管仲</u>起初輔助<u>齊桓公</u>的政敵公子<u>糾</u>，後來<u>桓公</u>登位，<u>管仲</u>囚於監獄，幸得<u>桓公</u>賞識，舉薦為宰相。管夷吾，<u>管仲</u>。士，獄官。

❺ 孫叔敖舉於海：<u>孫叔敖</u>因父親被謀害而與母親逃到<u>淮河</u>邊隱居。後來因整治<u>淮河</u>的水利，得到<u>楚莊王</u>的賞識。海，這裏指<u>淮河</u>。

❻ 百里奚舉於市：<u>百里奚</u>本是<u>虞國</u>大夫，後因<u>虞國</u>滅亡而被運到<u>楚國</u>，當作奴隸出售，幸好被<u>秦穆公</u>用五塊羊皮贖回，充當大夫。

❼ 行：而且；拂：顛倒。

❽ 動：驚動；忍：堅韌。

文言知識

使 動 用 法

使動用法，是指名詞、形容詞與賓語結合時變成動詞，帶有「使／讓賓語怎麼樣」、「使／讓賓語變成甚麼」的意思。

譬如本課「苦其心志」一句。「苦」在這裏是動詞，解作「受苦」。當與後面的賓語「其心志」（他們的意志）結合後，「苦」就會變成動詞，表示「使賓語受苦」。由此，「苦其心志」就是指使他們的意志受苦，或者直接寫作「磨練他們的意志」。

<u>王安石</u>有一首叫〈泊船瓜洲〉的詩，當中有一句「春風又綠<u>江南</u>岸」。「綠」本是形容詞，但與賓語「<u>江南</u>岸」結合後，就會變成動詞，表示「使賓語變綠」。因此，「綠<u>江南</u>岸」就是説「令<u>江南</u>的岸邊變成一片綠色」。

那麼文中「勞」、「餓」、「空乏」、「拂亂」、「忍」等詞語，又應該怎樣語譯？

本文出自《孟子‧告子下》的倒數第二章。孟子舉出六位歷史名人：舜、傅說、膠鬲、管仲、孫叔敖和百里奚。他們不但出身卑微，而且都在發跡前承受過上天所給予的種種磨難：心志受苦、筋骨勞累、身體挨餓、生活匱乏、諸事不順……上天之所以這樣做，是因為想他們培養出堅韌不屈的性格，從而提升內在潛能，最終成為明君或賢臣。

孟子藉此帶出「生於憂患，死於安樂」的道理：正因為要面對種種憂患，人才懂得掙扎求存，從黑暗中尋找光明，也就是俗語所說的「吃得苦中苦，方為人上人」。反之，一味耽於逸樂只會讓人失去「憂患意識」，一旦遇上突發事情，就會身陷險境，或身敗名裂，或死於非命。

憂患意識

據說，挪威人喜歡吃沙甸魚，尤其是活的沙甸魚，故此活的沙甸魚可以賣得更高的價錢。可是由於路途遙遠，船上的沙甸魚還未返回港口，就已經在魚槽裏窒息而死，因此有人想到把鯰（讀【黏】）魚放在魚槽裏。原來鯰魚喜歡吃魚，在魚槽裏看到這麼多沙甸魚，自然想吃掉牠們。那邊廂，原本在魚槽裏等死的沙甸魚，看到鯰魚的威脅，自然會四處游動，以躲避鯰魚。這樣，回到港口時，沙甸魚還是非常生猛，出售的價格自然更好。

這種現象，在現代管理學上就叫做「鯰魚效應」，意指在機構裏引入競爭對手，從而讓員工產生「憂患意識」，令員工因為害怕被淘汰而自我改進。因此，大家日後一旦要跟所謂「學霸」同組競爭，也不必擔心，因為只要你還有自我改進之心，就一定能夠像沙甸魚一樣，撐到最後。

文章理解

1. 試解釋以下文句中的粗體字，並把答案寫在橫線上。

   (i) 傳說**舉**於版築之間。　　　　　　　**舉**：＿＿＿＿＿＿＿

   (ii) **曾**益其所不能。　　　　　　　　　**曾**：＿＿＿＿＿＿＿

2. 試根據文意，把以下文句語譯為語體文。

   故天將降大任於是人也。

   ＿＿＿＿＿＿＿＿＿＿＿＿＿＿＿＿＿＿＿＿＿＿＿＿＿＿＿＿＿＿＿

3. 上天要成就一位偉人之前，先會給他哪些磨難？

	磨難		原文句子
軀體		使他們的筋肉和骨頭勞累	i.
	ii.		餓其體膚
	iii.		iv.
行事	v.		拂亂其所為
心靈	vi.		vii.

4. 承上題，上天給予磨難的目的是甚麼？

   (i) ＿＿＿＿＿＿＿＿＿＿＿＿＿＿＿＿＿＿＿＿＿＿＿＿＿＿＿＿＿

   (ii) ＿＿＿＿＿＿＿＿＿＿＿＿＿＿＿＿＿＿＿＿＿＿＿＿＿＿＿＿＿

5. 甚麼是「生於憂患」？這對我們做人處世有甚麼好處？

   ＿＿＿＿＿＿＿＿＿＿＿＿＿＿＿＿＿＿＿＿＿＿＿＿＿＿＿＿＿＿＿

   ＿＿＿＿＿＿＿＿＿＿＿＿＿＿＿＿＿＿＿＿＿＿＿＿＿＿＿＿＿＿＿

第３章

囫圇吞棗

梨雖益齒而損脾。

我若食梨，則嚼而不咽，不能傷我
之脾。

棗雖益脾而損齒。

我若食棗，則吞而不嚼，不能傷我
之齒。

慎行

每一個決定，每一個行動，

都足以影響事情的發展，

輕則影響自己，重則左右大局。

就像這位年輕人，為了避免棗子傷及牙齒，

不經深思熟慮就打算把整個棗子吞下，

後果可想而知。

囫圇吞棗，傷害的只是自己，

如果像陳太丘的朋友，

不謹守約定，日中不至；不遵從禮儀，對子罵父，

這樣受影響的，就不只是一個人了。

本章共有七故事：〈多歧亡羊〉、〈囫圇吞棗〉、〈奈何姓萬〉、

〈邴原泣學〉、〈陳太丘與友期行〉、〈硯眼〉和〈黔之驢〉，

將會從治學、交友、做事、處世等範疇，

說明應該怎樣謹慎地走每一步。

多歧亡羊

迷失，有時候不是因為我們不熟悉眼前的境況，而是因為眼前的選擇太多，讓自己陷入選擇的迷思中。

譬如，從前會考成績不好，要麼留學、要麼打工，選擇雖少，卻可以讓自己專心一志地為目標而奮鬥；相反，今天文憑試的出路非常多，有着各種各樣的課程，的確便利了學子，卻因為選擇太多，要他們在短時間內匆匆忙忙作比較、下決定，反而累透了心。就好像課文中的鄰人，只是走失了一隻羊，卻因為分岔路太多，結果還是空手而回。

原文 據《列子・説符》略作改寫

楊子之鄰人亡羊，既率其黨 ❶，又請楊子之豎【樹】 ❷ 追之。楊子曰：「所亡者幾何【見「文言知識」】？」鄰人曰：「一羊已。」楊子曰：「嘻【希】 ❸！亡一羊何追者之眾？」鄰人曰：「多歧【旗】 ❹ 路。」既反，問：「獲羊乎？」曰：「亡之矣。」曰：「奚【兮】亡之？」曰：「歧路之中又有歧焉。吾不知所之，所以反 ❺ 也。」

楊子戚然變容，不言者移時 ❻，不笑者竟日。門人 ❼ 怪之，曰：「羊賤畜，又非夫子之有，而損 ❽ 言笑者何哉？」楊子不答。弟子孟孫陽出，以告心都子。心都子曰：「大道以多歧亡羊，學者以多方 ❾ 喪生【性】 ❿。」

注釋

① 黨：這裏指鄉里。
② 豎：童僕。
③ 嘻：表示感歎的歎詞，相當於「唉」。
④ 岐路：分岔路。
⑤ 反：通「返」，回來。
⑥ 移時：一會兒。
⑦ 門人：這裏指弟子。
⑧ 損：減少。
⑨ 方：這裏指「道理」。
⑩ 生：通「性」，這裏指人的本性。

文言知識

文言疑問代詞

以下是各類文言疑問代詞的例子：

【一】問人物。所用字詞：誰、孰，相當於「誰人」。

【二】問事物。所用字詞：何、奚，相當於「甚麼」；還有「孰」，相當於「哪個」。譬如〈鄒忌諷齊王納諫〉（上）（見本叢書《初階》），鄒忌問：「吾孰與徐公美？」就是問妻子「我跟徐公哪一個較俊俏」。

【三】問地點。所用字詞：何、焉（讀【煙】）、安、奚，相當於「哪裏」。譬如〈陶母責子〉（見頁 174）裏，母親説：「此物何來？」就是問使者那些醃魚是從哪裏來的。

【四】問數量。所用字詞：幾、幾何、幾多、幾許、多少等。譬如課文第一段楊子説：「所亡者幾何？」就是問鄰人走失了多少隻羊。

【五】問原因。所用字詞：何、胡、奚等，相當於「為甚麼」、「為何」。譬如〈邴原泣學〉（見頁 068）裏，老師説：「童子何泣？」就是問邴原為甚麼會哭起來。

【六】問方法。所用字詞：焉、安、何，相當於「怎麼」、「如何」。在〈虐吏崔弘度〉（見頁 138）裏，崔弘度説：「安知其美？」就是問侍者怎麼知道鱉魚美味。

課文中的<u>楊子</u>即<u>楊朱</u>，是<u>戰國</u>時道家其中一個支派的創始人，以抗衡儒家學說為主。他認為儒家所主張的「禮」名目繁多，容易讓人迷失，繼而失去求知問道的本性。

有一次，<u>楊子</u>的鄰居走失了一隻羊，雖動員一眾鄉民和<u>楊子</u>的童僕去尋找，結果還是無功而回：原來路上有太多分岔路，分岔路上又有分岔路，大家都不知道羊到了哪裏去，只好放棄。

<u>楊子</u>知道後，幾乎全日都不說不笑，弟子們盡力開解他，也徒勞無功。<u>楊子</u>的其中一個弟子<u>孟孫陽</u>於是向師兄<u>心都子</u>求助，心都子似乎看穿了老師的心意，於是說：「分岔路太多，最多只會讓羊走失；可是儒家所提倡的道理太多、太繁複，就會讓讀書人一生營營役役，最終喪失追求知識的本性。」

專 心 一 志

《莊子‧達生》裏有一個關於「專心一志」的故事：<u>孔子</u>在路上看見一位駝背老人，正在用竹竿黏取樹上的蟬，卻像在地上拾取一樣容易，於是向他請教箇中技巧。老人回答說：「雖天地之大，萬物之多，而唯蜩翼之知⋯⋯不以萬物易蜩之翼，何為而不得！」原來老人捉蟬時，心中只有蟬翼，不被其他事物影響自己，因此能輕而易舉地黏取樹上的蟬。

「不以萬物易蜩之翼」，是指不被周邊事物影響，也就是專心的態度。有些同學做功課或溫習時，會同時播放歌曲，藉此放鬆心情。不過歌曲既有節拍，更有歌詞，同學會在不知不覺中，或跟隨旋律搖擺，或跟隨歌詞哼唱，結果反而會令功課出錯，溫習內容亦不能入腦。因此，大家還是學習駝背老人，在做功課和溫習之時，拒絕一切無關痛癢的引誘，才能事半功倍。

文章理解

1. 試解釋以下文句中的粗體字，並把答案寫在橫線上。

   (i) 既**率**其黨。　　　　　　　　　率：＿＿＿＿＿＿＿

   (ii) 不笑者**竟日**。　　　　　　　竟日：＿＿＿＿＿＿＿

2. 試根據文意，把以下文句語譯為語體文。

   吾不知所之。

   ＿＿＿＿＿＿＿＿＿＿＿＿＿＿＿＿＿＿＿＿＿＿＿＿＿＿＿

3. 關於鄰人走失了羊，楊子向鄰人提出哪些問題？鄰人又怎樣回答？試以自己的文字填寫下表。

楊子提問	鄰人回答
你走失的羊有多少隻？	i.
ii.	因為分岔路太多。
找到羊了嗎？	iii.
iv.	v.

4. 為甚麼弟子認為楊子不用為走失了羊而擔憂？(答案可多選)

   ○ A. 羊一點也不值錢。

   ○ B. 已盡力找羊，無需自責。

   ○ C. 走失了的羊早晚會回來。

   ○ D. 走失了的只是鄰人的羊。

   ○ E. 羊即使走失，但還有牛吃。

5. 除了「多歧亡羊」，本文還衍生出哪一個成語？

12

囫圇吞棗

相信大家都試過喝中藥或涼茶，有些人因為怕苦，所以服用時會一下子把所有藥茶「咕嚕咕嚕」地吞到肚子裏。不過，這樣不但不能讓身體吸收藥茶的精華，完滿達致治療的效果，反而可能會因為飲用過急而嗆喉。

幸好，藥茶畢竟是液體，並不像手指頭般大的大棗。本課裏的一個年輕人，因為擔心吃過大棗後會損害牙齒，於是打算把整個大棗不加咀嚼就吞下⋯⋯大家認為會有甚麼後果？

原文 據元・白珽《湛淵靜語・卷二》略作改寫

　　客有曰：「梨雖益齒而損脾，棗雖益脾而損齒。」一呆子弟 ❶ 思久之曰：「我若食梨，則嚼而不咽，不能傷我之脾；我若食棗，則吞而不嚼，不能傷我之齒。」客曰：「你真是混淪 ❷，吞卻一個棗也！」遂絕倒 ❸。

❶ 子弟：年輕人。

❷ 混淪：愚鈍。亦有說與「囫圇」（讀【忽輪】）同義，意指「整個」。

❸ 絕倒：前仰後合地大笑。

文言知識

文 言 連 詞（二）

本課會講解常見於轉折複句和假設複句的連詞。

轉折複句：表示後句的意思與前句所預期的結果相反。常見的連詞有：雖（解作「雖然」）；則、然、而、然而（解作「可是」）。例如〈黔之驢〉（見頁 080）這一句：

原文：虎 雖 猛 ， 疑 畏 。

譯文：老虎雖然兇猛，可是也會對驢子疑慮畏懼。

假設複句：表示假設的情況和對應的結果。常見連詞有：如、若、苟、使、向使（解作「如果」）；則（解作「就」、「那麼」）。例如〈邴原泣學〉（見頁 068）這一句：

原文：童子 苟 有志 ，吾 徒 相教 。

譯文：小孩子，你假如有志向，我就義務教導你。

又，〈樂羊子妻〉（見本叢書《初階》）有這一句：

原文：今 若 斷 斯 織 也，則 捐失 成功。

譯文：現在如果剪斷這些絲綢 ，那就捨棄了成果。

本課的內容非常簡單：有一個客人提到，梨子對牙齒有益，卻對脾臟無益；大棗對脾臟有益，卻對牙齒無益。

愚鈍的年輕人聽了，自以為有所得，於是提出這樣的建議：吃梨子只咀嚼而不吞下，那麼就絕不會傷害脾臟。這樣的想法似乎很合理，至於大棗呢？這個年輕人表示，吃大棗，只吞下而不咀嚼，這樣就絕不能傷害牙齒了。

可是作為一個有思考能力的人都知道，大棗這麼大顆，如果不加以咀嚼就吞下，那麼大棗還未落入肚子，人就已經死去了。這個年輕人以為自己學會了一點知識，不加思考就亂說一通，不就是孔子所說的「學而不思則罔」嗎？

學思並重

不只是大棗，所有食物都必須先咀嚼，才可以吞下。把事物咬碎才吞下，不只可以避免因食物卡在喉嚨裏而窒息，更可以讓胃部和腸道更容易吸收營養。

讀書也是一樣。我常常鼓勵學生在學習新知識後，把有關內容寫在筆記裏，目的有二：第一，手寫的過程可以鞏固課堂上耳聽的內容，令印象更深刻；第二，在手寫的同時，我們也在回憶課堂聽過的內容，以確定自己到底是不是真的了解，或者判斷老師說的是否正確。這樣才能做到「學」、「思」並重。

右圖是我其中一位補習學生，在學校學過杜牧〈山行〉所寫的筆記，通過繪畫老師所教的內容，讓自己思考所學還有沒有不明白的地方，圖文並茂。果然，寫了筆記後，學生對這首詩歌更為了解，在默書裏也獲得滿分呢！

圖畫由張菀殷同學繪畫

文章理解

1. 試解釋以下文句中的粗體字，並把答案寫在橫線上。

   (i) 一**呆**子弟思久之曰。　　　　　呆：＿＿＿＿＿＿＿

   (ii) **遂**絕倒。　　　　　　　　　　遂：＿＿＿＿＿＿＿

2. 試根據文意，把以下文句語譯為語體文。

   梨雖益齒而損脾。

   ＿＿＿＿＿＿＿＿＿＿＿＿＿＿＿＿＿＿＿＿＿＿＿＿＿＿＿

3. 吃大棗對身體有甚麼利弊？

   ＿＿＿＿＿＿＿＿＿＿＿＿＿＿＿＿＿＿＿＿＿＿＿＿＿＿＿

4. 根據年輕人的言辭，填寫下列表格。

如果吃……	只……，卻不……，		那麼……
i.	ii.	吞下	就不能傷害 iii.＿＿＿。
大棗	iv.	v.	就不能傷害 vi.＿＿＿。

5. 承上題，如果依照年輕人的方法去食大棗，會有甚麼後果？

   ＿＿＿＿＿＿＿＿＿＿＿＿＿＿＿＿＿＿＿＿＿＿＿＿＿＿＿

   ＿＿＿＿＿＿＿＿＿＿＿＿＿＿＿＿＿＿＿＿＿＿＿＿＿＿＿

6. 本文後來衍生出哪一個成語？

7. 文中的年輕人是一個怎樣的人？試結合文章內容略作說明。

   ＿＿＿＿＿＿＿＿＿＿＿＿＿＿＿＿＿＿＿＿＿＿＿＿＿＿＿

   ＿＿＿＿＿＿＿＿＿＿＿＿＿＿＿＿＿＿＿＿＿＿＿＿＿＿＿

13

奈何姓萬

　　不知道大家有沒有看過一齣名叫《武狀元蘇乞兒》的電影？該片主角蘇察哈爾燦是將軍之子，武藝了得，卻不學無術。家中雖有老師，卻無心向學，用地拖在地上胡亂塗鴉了幾筆，就當是學會寫自己的名字。目不識丁的他想考武狀元，因而在筆試裏「請槍」代考，被發現後被罰終身行乞，潦倒一生。

　　雖然這只是電影情節，可是像蘇察哈爾燦那樣學了幾堂課，就自以為完全學懂了的，大有人在。就好像本課中的富家子，學會了寫「一二三」，就自以為學會了寫字，最終弄出個大笑話……

原文 據明・劉元卿《應諧錄》略作改寫

　　汝有田舍翁，家貲[資]殷盛，然累[裏]世[見「文言知識」]❶不識「之」、「乎」。一歲，聘楚士訓其子。楚士始訓之，搦管臨朱❷，書一畫，訓曰「一」字；書二畫，訓曰「二」字[溺][見「文言知識」]；書三畫，訓曰「三」字。其子輒欣然[然]擲筆，歸告其父曰：「兒得矣！兒得矣！可無煩先生，重費館穀[仲]❸也，請謝去。」其父喜，從之，具❹幣謝遣[顯]楚士。

　　踰[如]❺時，其父擬徵召姻友❻萬氏姓者飲，令子晨起治狀❼，久之不成。父趣[吹]❽之，其子茫然[見「文言知識」][火]❾曰：「天下姓字夥矣，奈何姓萬？自晨起至今，才完五百畫也。」

注釋

❶ 累世：連續好幾代。

❷ 臨朱：臨摹紅字。

❸ 館穀：住處、糧食，相當於「食宿」。

❹ 具：準備。

❺ 踰：超過。

❻ 姻友：妻子那邊的親友。

❼ 治狀：撰寫邀請函。

❽ 趣：同「趨」，催促。

❾ 茫：一臉無知。

文言知識

虛詞「然」

「然」可以作連詞使用，意思相當於「然而」。譬如課文開首説：「然累世不識『之』、『乎』。」當中「然」就是解作「然而」，意指老人雖然富有，可是家中沒有人識字。

「然」也用作代詞，相當於「這樣」。在〈南岐之人〉（見頁158）裏，南岐人用「吾祖然也，吾父然也，吾家之人然也，吾鄉之人然也」來回應外方人，當中「然」就是解作「這樣」，所指的是「脖子長有腫瘤」這件事。

「然」也用作結構助詞，用於形容詞和動詞之間，意思相當於「地」。〈責人當以其方〉（見本叢書《初階》）裏有「門人忿然曰」，其中「忿」解作「生氣」，是形容詞；「曰」解作「説話」，是動詞；「然」位處形容詞和動詞之間，是結構助詞，相當於「地」，「忿然曰」就是「生氣地説」。

有時，在形容詞後面的「然」，可以譯作「的樣子」。例如〈黔之驢〉（見頁080）中「憖憖然」的「憖憖」解作「小心謹慎」，「然」就是解作「的樣子」。

「然」也可以解作「似的」，帶有比擬的意味。〈習慣説〉（見頁019）有「蹴然以驚」這句，就是説作者踩過填平了的水窪時，覺得好像踢到甚麼東西，因此「蹴然」在這裏可以譯作「好像踢到甚麼東西似的」。

劉元卿的《應諧錄》共有二十一則故事，可是原書已經散佚，只餘下十八則故事，散見於江盈科的《雪濤諧史》裏。

《應諧錄》通過短小的笑話來帶出各種待人處事的道理。譬如本課，記述汝州有一個富裕人家，世世代代都是文盲，老翁於是請來了一位讀書人，教導兒子讀書識字。讀書人起初教兒子寫數字：一畫為「一」、兩畫為「二」、三畫為「三」……學會了「三」字後，兒子就跟父親說自己已經學成，不用再跟隨老師學習了。

過了一段時間，有一次，老翁想請一位姓萬的朋友回家飲宴，於是吩咐兒子代寫邀請函。然而寫了一個早上，兒子還未寫好，他抱怨父親朋友的姓氏筆畫太多，只是寫了五百畫呢！

大家知道是哪裏出了問題嗎？

循 序 漸 進

有句諺語，叫做「千里之行，始於足下」；有個成語，叫做「跬步千里」。前者出自《老子》，後者出自《荀子》，是說所有大事都必須從點滴的小事做起，逐步推進。

《荀子》的〈勸學〉篇不但說明了學習對人的重要性，更提到學習時應有的態度，當中即包括循序漸進。荀子運用多個比喻，好像「積水成淵」（深水潭是由小水滴積聚而成）、「跬步千里」、「駑馬十駕，功在不舍」（再劣等的馬匹也能憑藉不斷趕路完成旅程）等等，就是要讓讀者明白到循序漸進的道理。

筆者年輕時曾經學過韓文，學了大概一年，自以為掌握了不少文法知識，於是從書局買了一大堆沒有中文解說的韓語教材，結果得物無所用，因為筆者還未曾達到這個程度。由此可見，學習也好，做事也好，都必須循序漸進，否則只會無功而返。

文章理解

1. 試解釋以下文句中的粗體字，並把答案寫在橫線上。

   (i)　家**貲**殷盛。　　　　　　　　　　貲：＿＿＿＿＿＿

   (ii)　**搦**管臨朱。　　　　　　　　　　搦：＿＿＿＿＿＿

   (iii)　具幣**謝**遣楚士。　　　　　　　　謝：＿＿＿＿＿＿

2. 試根據文意，把以下文句語譯為語體文。

   其子輒欣然擲筆。　＿＿＿＿＿＿＿＿＿＿＿＿＿＿＿＿＿＿＿＿

3. 楚士起初教導老人的兒子寫甚麼字？

   ＿＿＿＿＿＿＿＿＿＿＿＿＿＿＿＿＿＿＿＿＿＿＿＿＿＿＿＿＿＿＿

   ＿＿＿＿＿＿＿＿＿＿＿＿＿＿＿＿＿＿＿＿＿＿＿＿＿＿＿＿＿＿＿

4. 老人吩咐兒子做甚麼事情？

   ＿＿＿＿＿＿＿＿＿＿＿＿＿＿＿＿＿＿＿＿＿＿＿＿＿＿＿＿＿＿＿

5. 承上題，為甚麼兒子花了一個早上，還是未完成父親要他做的事情？當中的關鍵是甚麼？

   ＿＿＿＿＿＿＿＿＿＿＿＿＿＿＿＿＿＿＿＿＿＿＿＿＿＿＿＿＿＿＿

   ＿＿＿＿＿＿＿＿＿＿＿＿＿＿＿＿＿＿＿＿＿＿＿＿＿＿＿＿＿＿＿

   ＿＿＿＿＿＿＿＿＿＿＿＿＿＿＿＿＿＿＿＿＿＿＿＿＿＿＿＿＿＿＿

6. 下列哪一個句子中的「然」字，意思跟另外三個的不同？

   ○ A. 芒芒然歸。（〈揠苗助長〉）

   ○ B. 其子茫然曰。（〈奈何姓萬〉）

   ○ C. 填然鼓之。（〈寡人之於國也〉）

   ○ D. 河東凶亦然。（〈寡人之於國也〉）

邴原泣學

　　筆者曾經寫過這樣的文章：小時候，坊間沒有那麼多快餐店和食肆，吃雞不是件容易的事，一般要到大節日，待母親「劏雞拜神」後，才能吃到美味的雞腿。

　　時代進步了，能夠吃雞的地方幾乎無處不在，時時刻刻都可以吃上炸雞、醬油雞、白切雞……跟母親一起吃飯的機會反而減少了。

　　同樣道理，上學讀書本來並不是必然的，但隨着時代的進步，這機會變得唾手可得。正因為唾手可得，導致有些人不懂得珍惜這機會，荒廢了學業、浪費了青春……

原文　據明·李贄《初潭集·五》略作改寫

　　[丙]邴原少孤 ❶，數歲時，過書舍[瀉]❷ 而泣。師曰：「童子何泣？」4A.【　　　】曰：「凡得學者，有親也。一則願其不孤，二則羨其得學，中心傷感，故泣耳。」4B.【　　　】曰：「欲書可 ❸ 耳！」4C.【　　　】曰：「無錢資。」4D.【　　　】曰：「童子苟有志，吾徒 ❹ 相教，不求資也。」

　　見「文言知識」
　　【邴原】於是就業，長則博物洽聞 ❺，金玉 ❻ 其行。

注釋

① 孤：失去雙親，這裏特指失去父親。

② 書舍：私塾，古代的私人學校。

③ 可：應該、應當。

④ 徒：本指「白白」，根據後文「不求資」，可以理解為「義務」、「不求回報」。

⑤ 博物洽聞：見識廣博。物、聞，見識。洽，廣博。

⑥ 金玉：像金子和美玉一樣高潔。

文言知識

主語省略

　　主語是句子裏的主角；而主語省略，就是指句中主語會因為前、後文的內容而省略，可以分為三類，較常見的是「承前省」和「對話省」。

　　承前省，是指前後文的主語相同，後句中的主語因而省略。譬如本課第二段開首「於是就業」一句的主語被省略了，當中「就業」是指跟隨老師讀書。文中出現的人物只有邴原和老師，而沒有書讀的卻只有邴原。由此可以知道「於是就業」所省略的主語就是「邴原」，語譯時需要把主語補回。

　　對話省，是根據對話的發言次序，來省略說話者的身份。在〈多歧亡羊〉（見頁 056）中，鄰人外出找羊前，曾經與楊子對話，因此當鄰人回來後，提出「獲羊乎」這句話的人，自然就是楊子；而回答「亡之矣」的人，自然就是鄰人。由此，可以把餘下對話中所省略的主語恰當地補回。

　　本課的對話部分正是出現了對話省，大家知道說話者的身份分別是誰嗎？

　　邴原生於東漢末年。根據《三國志》記載：「原十一而喪父，家貧，早孤。」可見李贄在《初潭集》裏重編這個故事，寫到「數歲時」這句的時候犯了小錯誤。

　　步入少年時代的人自然希望可以求取知識，邴原也不例外，可是對父親早死、家境貧困的他而言，學費是入學讀書的一大阻力，因此當邴原走過私塾時，就不禁為自己的身世而哭泣。

　　私塾老師經過追問，知道邴原之所以哭泣，既是因為失去父親，也是因為不能讀書。老師見邴原有志於學，於是提出不收學費的建議，邴原知道了，自然是歡喜得不得了。入學後的邴原努力讀書，長大後果然成為學識淵博，而且品行高尚的名士。

　　可見「泣學」一詞不是指邴原「哭着讀書」，而是指他「為渴望讀書而哭泣」。

好 學

　　海倫‧凱勒（Helen Adams Keller）出生於 1880 年，不足兩歲時，因急性腦充血而導致失明及失聰，更一度無法說話。

　　幸好，她得到導師安妮‧蘇利文（Anne Sullivan Macy）的教導和關愛，逐漸恢復說話的能力，開始接受教育。後來面對父親病逝，海倫‧凱勒亦沒有自暴自棄，在安妮的鼓勵下，努力讀書，成功考入哈佛大學，更在 1904 年順利畢業，成為有史以來首位獲得文學學士學位的盲聾人士。好學的她沒有因而停下來，反而繼續刻苦學習，掌握了英語、法語、德語、拉丁語和希臘語，最終成為作家和教育家。

　　海倫‧凱勒好學的心，使得在別人眼中坎坷的一生，成為了活生生的奇跡。難怪馬克‧吐溫這樣說過：「十九世紀有兩位令世界為之驚歎的奇人，一位是拿破崙，另一位就是海倫‧凱勒。」

文章理解

1. 試解釋以下文句中的粗體字，並把答案寫在橫線上。

    (i) 童子**何**泣？ 　　　　　　　　何：＿＿＿＿＿＿

    (ii) 一則**願**其不孤。 　　　　　　願：＿＿＿＿＿＿

    (iii) 童子**苟**有志。 　　　　　　　苟：＿＿＿＿＿＿

    (iv) 金玉其**行**。 　　　　　　　　行：＿＿＿＿＿＿

2. 試根據文意，把以下文句語譯為語體文。

    凡得學者，有親也。

    ＿＿＿＿＿＿＿＿＿＿＿＿＿＿＿＿＿＿＿＿＿＿＿＿＿＿＿

3. 為甚麼<u>邴原</u>路過私塾時會哭泣起來？

    ＿＿＿＿＿＿＿＿＿＿＿＿＿＿＿＿＿＿＿＿＿＿＿＿＿＿＿

    ＿＿＿＿＿＿＿＿＿＿＿＿＿＿＿＿＿＿＿＿＿＿＿＿＿＿＿

    ＿＿＿＿＿＿＿＿＿＿＿＿＿＿＿＿＿＿＿＿＿＿＿＿＿＿＿

4. 請在 4A 至 4D 的【　　　】裏補回適當的主語。

5. 老師跟<u>邴原</u>提出了甚麼建議？

    ○ A. 無條件教導<u>邴原</u>。

    ○ B. 義務教導<u>邴原</u>，但條件是他要當上雜工。

    ○ C. 義務教導<u>邴原</u>，但前提是他真的有志於學。

    ○ D. 以低廉學費教導<u>邴原</u>，但前提是他真的有志於學。

6. 根據文章內容，<u>邴原</u>有哪些性格特點？請略作說明。

    ＿＿＿＿＿＿＿＿＿＿＿＿＿＿＿＿＿＿＿＿＿＿＿＿＿＿＿

    ＿＿＿＿＿＿＿＿＿＿＿＿＿＿＿＿＿＿＿＿＿＿＿＿＿＿＿

15 陳太丘與友期行

你是否有過這樣的經歷？約了朋友在某時某地吃飯，過了約定時間十五分鐘，朋友卻沒有出現，你於是致電給他，他說：「我剛放工，現在趕來。」又過了十五分鐘，朋友還是未到，你再致電給他，他說：「我在地鐵了，很快就到。」又過了十五分鐘，朋友終於到了，卻沒有絲毫悔意，還大言不慚地說：「我的手機壞了，剛才去看新手機，所以遲到。」手機壞了？剛才不是還在通話嗎？原來壞的是另一部用來玩遊戲的手機！

這是我一位朋友的經歷，她就是那位呆等了四十五分鐘、卻得不到一句道歉的「你」。

原文 南朝·宋·劉義慶《世說新語·方正》

陳太丘與友期行，期日中 ❶。過中不至，太丘舍 ❷ 見「文言知識」 友 去，去後乃至。元方時年七歲，門外戲。客問元方：「尊君 ❸ 在 不 否 ？」答曰：「待君久不至，已去。」友人便怒曰：「非人哉！與人期行，相委 3A.【　　　】而去。」

元方曰：「君與家君期日中。日中不至，則是無信；對子罵父，則是無禮。」友人慚，下車引 ❹ 之。元方入門不顧 3B.【　　　】。

注釋

❶ 日中：中午。

❷ 舍：通「捨」，丟下。

❸ 尊君：對對方父親的尊稱。

❹ 引：拉，這裏指客人拉住陳元方的手。

文言知識

賓 語 省 略

賓語省略，是指句子中的賓語，會因為前、後文的內容而省略，可以分為「承前省」和「蒙後省」兩種：

承前省，是指前文已經出現了相同的賓語，後文的賓語因而省略。譬如課文開首這一句：

原本應作「太丘舍【友】去」，意指「陳太丘丟下朋友離開」，當中「舍」是動詞，「友」是賓語。然而，文章第一句「陳太丘與友期行」中已經提到「友」這個賓語，為使行文更簡潔，句子於是把動詞「舍」後的賓語「友」省略。

蒙後省，是指後文將出現有關賓語，前文因而先行省略。譬如〈陳遺至孝〉（見本叢書《初階》）第一段有「歸以遺母」這一句，原本應寫作「歸【家】以遺母」，是說陳遺回家後，會把飯焦送給母親吃。但由於第二段「未及歸家」一句再次出現了「歸家」一詞，因此第一段的「歸以遺母」就先行把賓語「家」省略了。

《世說新語》記載了<u>東漢</u>至<u>東晉</u>期間高士名人的言行軼事。根據內容，全書分為三十六門，「方正」是其中一門。「方正」解作「正直」，換言之這個類別所記載的，都是正直不阿的人。

本課標題是「陳太丘與友期行」，不過主角卻不是<u>陳太丘</u>，而是他的兒子<u>陳元方</u>。<u>陳太丘</u>原名<u>陳寔</u>，是故事〈梁上君子〉（見頁 134）的主角，為家中小偷網開一面，是一個正直的人，本課裏他的兒子，也是如此。

<u>陳太丘</u>跟朋友約定在中午出行，可是朋友卻遲遲不來。<u>太丘</u>等不下去，唯有先行離開，後到的友人卻因而在<u>陳元方</u>面前謾罵他的父親。<u>陳元方</u>同樣是個言行正直的人，面對父親友人的謾罵，於是辭嚴義正地數落友人的不是：既失信，又失禮。後來即使友人道歉，<u>陳元方</u>也一於少理，頭也不回就進門回家了。

信守承諾

六、七年前，筆者在出版社當編輯頭兒。有一次，公司聘請新人，其中一位求職者原定在某日中午，前來與筆者見面。快到中午前，這位求職者來電，說因為有急事，所以請求把會面時間推遲至午飯時間。筆者聽他語氣誠懇，因而答應了他。

到午飯時間了，一點、一點三、一點半……那個求職者還是沒有出現，筆者於是致電給他。那個求職者收到電話後，竟然說自己已經到了其他地方應徵，不會前來了。

筆者當時真想破口大罵，可是頓時又平靜下來。身邊的同事說：「你即使不罵他，也起碼揶揄一下他吧。」我說，<u>孔子</u>說過：「人而無信，不知其可也。」人如果不講信用，那就不知道他可否完成人家安排給他的事情。既然那個求職者連對自己未來「老闆」也不肯信守承諾的話，那麼入職後，我還可以起用他嗎？現在他來不了，我高興也來不及呢！

文章理解

1. 試解釋以下文句中的粗體字,並把答案寫在橫線上。

(i) 陳太丘與友**期**行。 期:＿＿＿＿＿＿

(ii) 尊君在**不**? 不:＿＿＿＿＿＿

(iii) 元方入門不**顧**。 顧:＿＿＿＿＿＿

2. 試根據文意,把以下文句語譯為語體文。

過中不至,<u>太丘</u>舍去,去後乃至。

＿＿＿＿＿＿＿＿＿＿＿＿＿＿＿＿＿＿＿＿＿＿＿

3. 請在 3A 和 3B 的【　　　】內補回適當的賓語。

4. 當知道<u>陳太丘</u>先行離開,朋友怎樣責罵他?請引用原文句子作答,並略作解釋。

(i)

(ii) ＿＿＿＿＿＿＿＿＿＿＿＿＿＿＿＿＿＿＿＿＿＿

5. <u>陳元方</u>怎樣回應朋友的謾罵?

(i) ＿＿＿＿＿＿＿＿＿＿＿＿＿＿＿＿＿＿＿＿＿＿

(ii) ＿＿＿＿＿＿＿＿＿＿＿＿＿＿＿＿＿＿＿＿＿＿

6. 根據本文,你認為朋友間應當怎樣相處?試抒己見。

＿＿＿＿＿＿＿＿＿＿＿＿＿＿＿＿＿＿＿＿＿＿＿

＿＿＿＿＿＿＿＿＿＿＿＿＿＿＿＿＿＿＿＿＿＿＿

16

硯眼

有一次，<u>子貢問孔子</u>：「<u>子張與子夏，誰比較能幹？</u>」<u>孔子</u>這樣回答：「<u>子張做事總是過火，子夏總是差一點點。</u>」<u>子貢</u>追問：「<u>那麼是子張能幹一點？</u>」<u>孔子</u>說：「<u>過猶不及。</u>」過猶不及，就是指做事總是差一點點的<u>子夏</u>，固然不好；可是做得太多的<u>子張</u>，也同樣不好。

有些人總覺得把事情多做一點，加大力度，就會得到別人的稱讚，於是擅作主張地把事情做過火了，結果得不到稱讚之餘，反而招來批評，就好像本課的僕人，主人叫他買墨硯，他卻好心做壞事，叫主人哭笑不得。

原文 據<u>明</u>·<u>馮夢龍</u>《古今譚概·不韻部第八》略作改寫

<u>吳郡</u> ❶ <u>陸公</u> ❷ <u>盧峯</u>候選 ❸ <u>京師</u>，嘗於市遇一佳硯^[現]，議價未定。^[gwan6]
既還邸^[底] ❹，令門人 ❺ 曰：「汝以一金易^[亦]歸與我。」

久之，門人持硯歸，公訝其不類 ❻，門人堅稱其是。公曰：「吾^{見「文言知識」}
見硯有鴝鵒眼^[渠肉] ❼，今何無之？」門人答曰：「小人^{見「文言知識」}嫌其微凸，路值石工，幸有餘銀，令磨而平之。」公大惋惜。

注釋

❶ 吳郡：地名，即今天的蘇州。

❷ 公：對男性的尊稱。「陸公廬峯」實際上就是「陸廬峯」。

❸ 候選：在科舉中考中的人，必須前往吏部報到，聽候安排到不同的部門
當官。

❹ 邸：官員的住所。

❺ 門人：僕人。

❻ 類：類似、像。

❼ 鴝鵒眼：指墨硯上呈圓點狀、像鴝鵒鳥眼睛的斑紋。鴝鵒，即八哥鳥。

文言知識

「我」和「你」的各種叫法

古人會用我、吾、余、予等字來稱呼自己，譬如課文第二段「吾
見硯有鴝鵒眼」中的「吾」，就是陸廬峯的自稱。

由於古代階級觀念極為濃厚，因此連稱呼自己的字眼也要分階
級：皇帝自稱「朕」；諸侯王自稱「寡人」、「孤」；臣子向君上自稱
「臣」、「微臣」；妻子向丈夫自稱「妾」、「賤妾」；課文裏的「門人」
是陸廬峯的僕人，因此自稱「小人」、「奴才」。

古人會用汝、女、爾、若、子、君等字來稱呼對方，相當於
「你」。譬如〈折箭〉（見頁 120）裏的「汝取十九支箭折之」、〈賄賂
失人心〉（見頁 170）裏的「女姑自食」、〈南岐之人〉（見頁 158）裏
的「爾之頸也」等等。

同樣，基於古代階級觀念，人們需要根據對方身份來敬稱對方：
稱國君為「陛下」；稱皇子或諸侯王為「殿下」；稱朝廷官員為「公」、
「卿」、「君」、「大人」、「閣下」；稱讀書人為「夫子」、「先生」；至
於一般人，就可以稱「子」、「足下」。這些字眼的意思都相當於「您」。

《古今譚概》又稱為《古今笑史》，是明朝末年馮夢龍所編著的笑話集，全書分為三十六卷，每一卷收錄一種類別的笑話。本課來自〈不韻部〉。韻，解作「情趣」，「不韻」就是沒有情趣，課文裏的門人就正是這種人……

陸盧峯看中了一方墨硯，為的就是硯上的鴝鵒眼——圓形的斑點，因而把錢交給門人，請他把墨硯買回來。怎料門人買回來的，卻不是陸盧峯所見的那方墨硯。

原來，門人的確買了那方墨硯，卻嫌硯上的鴝鵒眼不夠平滑，於是在歸途上請人磨平。在陸盧峯眼中，鴝鵒眼正是墨硯的價值所在，門人不但不解情趣，更沒有安守僕人的本分。像這種人真叫人哭笑不得。

安分守己

衛子夫本身是漢武帝皇姊家中的歌女，在機緣巧合下，得到了漢武帝的寵幸，因而進入宮中，展開了不平凡的人生。

衛子夫出身卑微，卻得到武帝的寵愛，除了因為她的美貌，還因為她的智慧——不是與其他后妃勾心鬥角的野心，反而是安分守己的智慧。衛子夫為武帝誕下太子劉據，因而晉升為皇后，可是她沒有以此自傲，反而處處為武帝分憂，引進弟弟衛青和外甥霍去病，替武帝抗擊匈奴。

衛子夫安分守己，不與其他后妃爭風呷醋，使武帝可以安心理政，因此即使後來太子劉據因被誣陷而被迫出兵謀反，一家大小全遭處以死刑（其孫劉病已倖免於難），衛子夫也沒有被牽連在內。可見，安分守己，做好自己，正是明哲保身的表現。

文章理解

1. 試解釋以下文句中的粗體字，並把答案寫在橫線上。

   (i)   **議**價未定。 議：＿＿＿＿＿＿

   (ii) 門人堅稱**其**是。 其：＿＿＿＿＿＿

   (iii) 今**何**無之？ 何：＿＿＿＿＿＿

   (iv) **公**大惋惜。 公：＿＿＿＿＿＿

2. 試根據文意，把以下文句語譯為語體文。

   汝以一金易歸與我。

   ＿＿＿＿＿＿＿＿＿＿＿＿＿＿＿＿＿＿＿＿＿＿＿＿

3. 陸盧峯在哪裏吩咐門人做事？

   ○ A. 官府裏　　○ B. 市集裏　　○ C. 市鎮裏　　○ D. 住所裏

4. 門人回來後，陸盧峯為甚麼感到驚訝？

   ＿＿＿＿＿＿＿＿＿＿＿＿＿＿＿＿＿＿＿＿＿＿＿＿

5. 承上題，門人堅稱自己按照陸盧峯的吩咐，那為甚麼還會出現上述情況？

   ＿＿＿＿＿＿＿＿＿＿＿＿＿＿＿＿＿＿＿＿＿＿＿＿

   ＿＿＿＿＿＿＿＿＿＿＿＿＿＿＿＿＿＿＿＿＿＿＿＿

   ＿＿＿＿＿＿＿＿＿＿＿＿＿＿＿＿＿＿＿＿＿＿＿＿

6. 根據文章內容，總結門人所犯的錯誤，並略作解釋。

   (i) ＿＿＿＿＿＿＿＿＿＿＿＿＿＿＿＿＿＿＿＿＿

   (ii) ＿＿＿＿＿＿＿＿＿＿＿＿＿＿＿＿＿＿＿＿＿

17

黔之驢

在〈黔之驢〉這課裏，驢子明顯是比老虎弱得多的，可是如果驢子「不出其技」，不草率地踢了老虎一下，那麼「虎雖猛，疑畏，卒不敢取」；甚至乎，如果驢子能夠把握時機，運用計謀，找到老虎的弱點來攻擊，也許會反敗為勝。足見做任何事情成功與否，關鍵不只在於「不多不少」，也在於「不遲不早」，時機同樣十分重要。

原文 唐・柳宗元〈三戒〉

黔無驢，有好事^❶者^[鉗]船^[耗]載以入^[見「文言知識」]。至則無可用，放之山下。虎見之，龐然大物也，以為神。蔽林間^[規]窺之，稍出近之，^[孕]憖憖然^❷莫相知。

他日^❸，驢一鳴，虎大^[蟹]駭遠^[頓]遁，以為且^❹^[鑿]噬己也，甚恐。然往來視之，覺無異能者。益習其聲，又近出前後，終不敢搏。稍近益^[狹]狎^❺，蕩倚衝冒^❻，驢不^[升]勝^❼怒，蹄之。虎因喜，計之曰：「技止此耳！」因跳^[良]踉大^[淡]噉^❽，斷其喉，盡其肉，乃去。

^[依]噫！形之龐也類有德，聲之宏也類有能，向^❾不出其技，虎雖猛，疑畏，卒不敢取。今若是^❿焉，悲^[扶]夫！

注釋

❶ 好事：喜歡多事。

❷ 慭慭然：小心謹慎的樣子。

❸ 他日：有一天、某一天。

❹ 且：將要。

❺ 狎：不莊重的親近。

❻ 蕩倚衝冒：蕩，碰撞。倚，挨近。衝，衝擊。冒，冒犯。

❼ 不勝：忍不住、禁不住。

❽ 跳踉大㘎：跳起來，大口地咬。

❾ 向：當初。

❿ 若是：像這樣。

文言知識

詞 性 活 用 （ 一 ）

詞性活用，是指部分詞語的詞性，會因應文意臨時被借作另一詞性使用。「詞性活用」所涉及的詞性，一般是名詞、動詞、形容詞（見頁 164），還有本課的「狀語」。

狀語，是用來修飾動詞或形容詞的文字。在文言文裏，不少名詞會根據其意思上的特點，被臨時借用為狀語，來修飾緊隨其後的動詞。

例如〈臨江之麋〉（見頁 162）提到麋鹿的主人「日抱就犬」，當中「日」本是名詞，解作「一天」，在文中卻被臨時借用為狀語，解作「每天」，來表示動詞「抱」的頻率。

又例如〈殺駝破甕〉（見頁 094）提到駱駝的主人「刀斬其頭」，當中「刀」本是名詞，在文中卻被臨時借用為狀語，解作「用刀」，來表示動詞「斬」所用的工具。

那麼大家知道課文開首「船」字的意思嗎？

唐順宗時，柳宗元參與了王叔文所推行的「永貞革新」，希望藉此削弱宦官的勢力，卻以事敗告終。宦官不但逼順宗退位，更賜死王叔文，其餘涉事者皆被貶官——柳宗元則被貶到遙遠的永州。

柳宗元對被貶一事耿耿於懷，於是在永州創作了〈三戒〉，通過〈臨江之麋〉、〈黔之驢〉、〈永某氏之鼠〉三個寓言故事，暗示朝中宦官雖有靠山，但最終一定會「迨於禍」。

〈黔之驢〉講述驢子初到黔地，老虎誤以為牠是神靈，甚至因此而害怕牠。但後來老虎發現驢子根本沒有甚麼本領，便開始不斷挑釁牠。驢子忍不住，因而向老虎作出攻擊；老虎發現驢子的實力不過如此，最終咬死驢子，吃光了牠的肉。

文末「形之龐也類有德，聲之宏也類有能」兩句，實際上是暗地告誡朝中宦官，說他們看起來好像很有地位和威嚴，可是最終一定會像驢子一樣，因為技窮，反過來被更大的強者消滅。

伺 機 而 動

永嘉之亂後，晉室南渡，是為東晉，與北面的前秦對峙。不久，前秦君主苻堅以號稱八十萬的兵力，準備南下一舉殲滅東晉。雖然恢復晉室是眾人的願望，可是畢竟勢孤力弱，東晉朝野上下都不敢輕舉妄動。

東晉建國以來，一直希望憑改革戶籍制度增加稅收，為日後一旦出現的戰亂而作準備。到前秦宣戰了，東晉並沒有自亂陣腳，反而積極訓練北府兵，以抵抗數量為自己十倍的前秦大軍。淝水之戰爆發前夕，東晉嚴陣以待，與兵陣、軍心皆鬆散的前秦形成強烈對比，苻堅對此也有戒懼之心。直到兩軍交鋒，苻堅不慎墮馬而死，東晉因而乘機反過來殲滅前秦大軍。

可見，面對任何危機，伺機而動總是比起橫衝直撞來得有效。

文章理解

1. 試解釋以下文句中的粗體字，並把答案寫在橫線上。

(i) 虎大**駭**遠遁。 駭：_____

(ii) 技止此**耳**！ 耳：_____

2. 試根據文意，把以下文句語譯為語體文。

驢不勝怒，蹄之。

_____

3. 驢子是怎樣來到<u>黔</u>地的？

_____

4. 為甚麼老虎起初會害怕驢子？（答案可多選）

○ A. 驢子體型龐大。　　○ B. 驢子力大無窮。

○ C. 驢子樣子兇猛。　　○ D. 驢子能夠說話。

○ E. 驢子叫聲宏亮。

5. 老虎習慣了驢子的叫聲後，對驢子有甚麼評價？此後，老虎怎樣挑釁驢子？

(i) 評價：_____

(ii) 挑釁：① _____

② _____

6. 綜合文章內容，你認為驢子的死因是甚麼？

_____

7. 本文後來衍生出哪一個成語？

第4章

殺駝破甕

昔有一人，甕中盛穀。

駱駝入頭，甕中食穀，後不得出。

既不得出，以為憂惱。

有一老人，來語之言：「汝當斬頭，自得出之。」

遠慮

世事多變，因此我們要有遠見、肯思考，

制定好不同的計劃，

以應對始料不及的突發事情。

如果駱駝的主人肯思考，

還會接納老人的意見，斬殺駝頭、打碎甕缸嗎？

如果孫臏沒有遠見，

那麼還會懂得調動比賽時馬匹的出場次序嗎？

如果屈原再想多一點，

保留有用之軀，那麼楚國最終會否滅亡，亦尚未可知。

本章共有五個故事：〈汗陽豬〉、〈田忌賽馬〉、

〈殺駝破甕〉、〈曹劌論戰〉（下）和〈屈原至於江濱〉，

將會通過故事人物的不同結局，

跟大家說明有遠見、肯思考的重要性。

18

汧陽豬

　　許多年前，某電視臺節目主持人在飲食節目中說過「雞好有雞味」這句話，當中的意思跟「阿媽是女人」沒有分別。雖然有人為主持人護航，說雪藏雞真的沒有雞的味道，可是作為資深的飲食節目主持人，相信應該有更好的形容吧？

　　吃的是雞，就說有雞味；吃的是魚，就說有魚味，這種「佛系」美食評論，其實在古代早已有之。一班到蘇軾家裏飲宴的客人，一看到桌上擺放的，是著名的汧陽豬，於是一放進口，連牙齒都還沒起動，就說這些豬肉美味……可是，他們真的確定放進口裏的是汧陽豬嗎？

原文　據北宋‧蘇軾《仇池筆記‧卷上》略作改寫

　　東坡曰：「鄉[見「文言知識」]者，予在岐下[旗]●，聞汧陽[牽]❷豬肉至美，欲要[見「文言知識」]客共嘗。使人往致之，然使者醉，豬夜逸❸，陰買他豬以償，吾不知也。席上，客皆大說[見「文言知識」]，以為非他產所及。已而❹事敗，客皆大慚。」

注釋

① 岐下：這裏指位於陝西省的鳳翔縣。岐，岐山。

② 汧陽：位於鳳翔縣東面，今天改稱為「千陽」。

③ 逸：逃逸、逃走。

④ 已而：不久。

文言知識

解字六法 —— 音

解字六法，是六種用來幫助推敲難字意思的方法，包括：形、音、義、句、性、位。在本叢書《初階》，我們介紹過形、義、句三種；本冊將會講解餘下三種。本課先講解「音」。

閱讀文言文時，我們會遇上許多通假字。通假字，就是用讀音相同或相近的字來代替本來的字（見頁 179）。「音」，就是通過通假字的讀音，推測出與該讀音相同或相近的本字。譬如本課有「客皆大説」一句。「説」的基本字義是「説話」，可是文中並沒有提到客人開口説話，加上前面的「大」字是副詞，解作「非常」，是不可以與動詞「説話」搭配的。這個時候，我們可以運用「音」這解字方法。

「説」的基本讀音是【雪】；解作「説服」時，讀【歲】；另外還有一個讀音，就是讀【悦】。原來「説」是可以跟「悦」相通的，解作「喜悦」、「開心」，這是因為這兩字的讀音相近，韻母都是【-yut】，而且都有相同的部件「兌」。由此我們可以知道，「客皆大説」就是解作「客人全都非常開心」。

怎樣辨別文中的難字是通假字？以下是一些經驗之談：如果某些字的字義不能與前後文相搭配（就像剛才的「説」字，解作「説話」，是解不通的）；同時，如果發現這些字的讀音，跟心目中所猜想的字義有很大關聯的話（客人吃過美味的汧陽豬後，理應非常喜悦，而「悦」和「説」的讀音非常接近），那麼這個字很有可能就是通假字，可以運用「音」這解字方法了。

《仇池筆記》收錄了有關學術、制度、風俗、時事、風物、佛道等方面的小故事，本課的故事即是關於佛教經典《華嚴經》。

蘇軾認為，若將《華嚴經》中的佛語和菩薩語混雜在一起，一般人是難以分辨出來的，情形就好像他家中下人買的豬一樣。

有一年，蘇軾在鳳翔府當官，聽聞當地的汧陽豬美味，於是派下人到鄰縣汧陽縣購買，來宴請客人。由於路途遙遠，下人在中途稍事休息，卻不慎讓汧陽豬逃之夭夭。為了交差，下人只好購買其他豬來代替。

回家後，不知情的蘇軾把這隻豬當汧陽豬炮製，客人吃過後，又以為真的是汧陽豬，於是開心不已，紛紛讚好。可是調包一事最終被揭穿，剛才那班自以為懂吃的客人，紛紛漲紅了臉，大感慚愧。

獨立思考

《昆蟲記》涵蓋了法國昆蟲學家法布爾（法語：Jean-Henri Casimir Fabre）一生對昆蟲的觀察與研究，當中也穿插了許多他對人生的反思。譬如在第二十四章裏，他談到自己曾做過一個關於「松毛蟲」的實驗：把幾條松毛蟲放在花盆邊，使牠們的頭尾連成一圈，又在花盆不遠處放一些松毛蟲喜歡吃的松葉。松毛蟲一條跟着一條爬行，繞着花盆一圈一圈地走，卻始終沒有一條松毛蟲挺身成為「領袖」，轉向走到花盆旁邊吃松葉。

法布爾體會到，松毛蟲跟古希臘哲學家亞里士多德所批評的羊一樣，都是「世界上最愚蠢、最可笑的動物」，因為牠們都不會獨立思考，只會盲從附和。其實，這種人在世上怎會少呢？只要是自己喜歡和支持的人，那麼他們所做、所說的一切，都會照單全收，甚至為他們的錯誤說盡好話。人類有頭腦、會思考，可是那些只會盲從附和的人，不是比起羊和松毛蟲更不堪嗎？

文章理解

1. 試解釋以下文句中的粗體字，並把答案寫在橫線上。

    (i)   **鄉**者，予在岐下。   鄉：＿＿＿＿＿＿

    (ii) 聞汧陽豬肉**至**美。   至：＿＿＿＿＿＿

    (iii) 使人往**致**之。   致：＿＿＿＿＿＿

2. 試根據文意，把以下文句語譯為語體文。

    欲要客共嘗。

3. 根據文章內容，判斷以下陳述。

	正確	錯誤	無從判斷
(i) 為了款客，蘇軾親自購買汧陽豬。	○	○	○
(ii) 客人吃到美味的豬肉後讚歎不已。	○	○	○

4. 下人為甚麼會讓汧陽豬走失？他怎樣解決這個難題？

5. 文章中客人起初是「大説」，後來卻變成「大慚」，為甚麼會有這兩種截然不同的反應？

6. 承上題，本文運用了哪種寫作手法？

    ○ A. 正襯   ○ B. 反襯   ○ C. 對比   ○ D. 比喻

19 田忌賽馬

孫臏替田忌勝出賽馬後，由田忌引進，拜見齊威王。威王這樣問：「兩軍相當，兩將相望，皆堅而固，莫敢先舉，為之奈何？」孫臏答：「以輕卒嘗之，賤而勇者將之⋯⋯為之微陣以觸其側。」

孫臏的回答，跟當時給田忌安排馬匹出場的次序，其原則是如出一轍的。田忌的馬匹跟其他公子的馬匹實力相當（「皆堅而固」），孫臏於是先用下等馬出賽（輕卒嘗之），到其他公子的上等馬都已上過場了，才以上等馬應戰，最終贏得比賽。

原文 據西漢・司馬遷《史記・孫子吳起列傳》略作改寫

齊使者如 ❶ 梁【殯】，孫臏以刑徒 ❷ 陰見【歲】，說齊使。齊使奇之【見「文言知識」】，竊載與 ❸ 之齊。

齊將田忌見而客【見「文言知識」】孫臏。忌數【索】與齊諸公子馳逐重射 ❹【仲】。孫子見其馬足不甚相遠，馬有上、中、下輩，於是謂田忌曰：「君弟 ❺ 重射，臣能令君勝。」田忌信 ❻ 然之【見「文言知識」】，與王及諸公子逐射 ❼ 千金。

及臨質 ❽，孫子曰：「今以君之下駟 ❾【試】與彼上駟，取君上駟與彼中駟，取君中駟與彼下駟。」既馳三輩畢，而田忌一不勝而再勝，卒得王千金。

於是忌進孫子於威王。威王問兵法，遂以為師 ❿。

注釋

① 如：前往。

② 刑徒：囚犯。

③ 與：一起。

④ 馳逐重射：馳逐，這裏指賽馬。重射，重重地下賭注。

⑤ 弟，通「第」，只管。

⑥ 信：真的。

⑦ 逐射：下賭注。

⑧ 質：比賽。

⑨ 馴：馬匹。

⑩ 師：軍師。

文言知識

意 動 用 法

意動用法，是指名詞、形容詞與賓語結合時，變成了動詞，並帶有「認為 / 覺得賓語怎麼樣」或「把賓語當作甚麼」的意思。

譬如本課開首提到孫臏以囚犯的身份與齊國使者見面，見面後「齊使奇之」，當中的「奇」字本身是形容詞，表示「奇特」。當與後面的賓語「之」（孫臏）結合後，「奇」就變成了動詞，表示「覺得賓語奇特」。由此「齊使奇之」就是說齊國使者認為他（孫臏）十分奇特。

又例如〈傷仲永〉（見本叢書《初階》）裏有「稍稍賓客其父」這一句。當中「賓客」是名詞，所指的是「客人」。當與後面的賓語「其父」（方仲永的父親）結合後，「賓客」就變成了動詞，表示「把賓語當作賓客」。由此，「賓客其父」就是指「把方仲永的父親當作賓客」。

那麼大家知道文中的「客」和「然」是甚麼意思嗎？

孫臏是戰國時代的軍事家，跟龐涓是同學，因受龐涓迫害而遭受臏刑，砍掉雙腳，因而被稱為孫臏。孫臏一直被囚禁在魏國，後來在齊國使者幫助下投奔齊國，成為齊國公子兼大將田忌的門客。

有一次，田忌與其他公子賽馬。心思縝密的孫臏發現田忌與其他公子各有三匹馬，分為上、中、下等，實力相差不遠，因而在比賽前教田忌改變比賽策略：把馬匹上場的次序略為調動一下，最終獲勝，盡攬齊威王的獎金。田忌的馬匹未必勝過其他公子的馬匹，孫臏卻憑着智慧，調動一下馬匹的出場次序，幫助田忌獲勝，足見孫臏真的具有調兵遣將的才能。

孫臏善於觀察馬匹，田忌則善於觀察人才，因而把孫臏推薦給齊威王。與孫臏交談後，齊威王決定任用他為軍師。孫臏也不負眾望，果然在桂陵之戰和馬陵之戰獲勝，不但奠定齊國的霸業，更兩度擊敗龐涓，一雪前恥。

臨 危 不 亂

據說有一次，乾隆皇帝把自己最喜歡的一把扇子交給大才子紀曉嵐，命他把王之渙的〈涼州詞〉題寫上去。大家還記得這首詩嗎：「黃河遠上白雲間，一片孤城萬仞山。羌笛何須怨楊柳？春風不度玉門關。」可是這位才子偏偏漏寫了第一句的「間」字。乾隆見了，自然龍顏大怒。

紀曉嵐卻沒有馬上跪地求饒，反而是腦筋一轉，跟乾隆辯稱那是一闋詞。乾隆聽了，倒感興趣，紀曉嵐於是趁機讀出：「黃河遠上，白雲一片，孤城萬仞山。羌笛何須怨，楊柳春風不度玉門關。」給紀曉嵐一讀，這首七絕果然變成了詞。乾隆聽後哈哈大笑，連番稱讚紀曉嵐機敏過人，臨危不亂。

當你遇到突發事件時，是被情緒牽動，還是先冷靜下來，把問題弄清楚後，再逐一解決呢？

文章理解

1. 試解釋以下文句中的粗體字，並把答案寫在橫線上。

(i) 孫臏以刑徒**陰**見。 陰：＿＿＿＿＿＿

(ii) 田忌一不勝而**再**勝。 再：＿＿＿＿＿＿

2. 試根據文意，把以下文句語譯為語體文。

田忌信然之。

＿＿＿＿＿＿＿＿＿＿＿＿＿＿＿＿＿＿＿＿＿＿＿＿＿＿

3. 孫臏到達齊國後，田忌怎樣對待他？

＿＿＿＿＿＿＿＿＿＿＿＿＿＿＿＿＿＿＿＿＿＿＿＿＿＿

4. 根據文章內容，填寫下列表格。

場次	田忌		其他公子	田忌賽果
第一場	下等馬	對	i.	ii.
第二場	iii.		iv.	v.
第三場	vi.		vii.	viii.

5. 承上題，孫臏的用馬策略，有哪些特別的地方？

＿＿＿＿＿＿＿＿＿＿＿＿＿＿＿＿＿＿＿＿＿＿＿＿＿＿

＿＿＿＿＿＿＿＿＿＿＿＿＿＿＿＿＿＿＿＿＿＿＿＿＿＿

＿＿＿＿＿＿＿＿＿＿＿＿＿＿＿＿＿＿＿＿＿＿＿＿＿＿

6. 田忌是一個怎樣的人？（答案可多選）

○ A. 善於觀察 ○ B. 感恩圖報

○ C. 詭計多端 ○ D. 臨危不亂

○ E. 知人善任

20 殺駝破甕

相信當男朋友或丈夫的，經常會從伴侶口中聽到這則老掉牙的提問：「如果我和你媽一同掉到海中，你會先救誰？」

如果是我，我兩個都不救——因為我不懂游泳，如果連我也跳下去了，那豈不是同歸於盡？我要麼看看附近有沒有水泡，要麼馬上打電話報警。

這種兩難問題，在古代也同樣出現過。自家養的駱駝，頭部卡在一個甕缸裏，你要麼斬斷駱駝的頭，保住甕缸；要麼打碎甕缸，保住駱駝。還是，你會選擇兩者一同犧牲？

原文 南朝‧齊‧僧伽斯那《百喻經‧卷下》

昔有一人，【於】【ung3】甕❶中盛穀。駱駝入頭，3A.【 　 】甕中食穀，後不得❷出。既不得出，以為憂惱。
見「文言知識」

有一老人，來語【預】之言：「汝莫愁也！我教汝出。汝用我語，必得速出：汝當斬頭，自得出之。」即用其語，3B.【 　 】刀斬其頭。既復殺駝，而復破甕。如此癡❸人，3C.【 　 】世間所笑。

注釋

❶ 甕：一種口小腹大、盛物用的陶器。

❷ 得：可以、能夠。

❸ 癡：愚鈍。

文言知識

介 詞 省 略

　　介詞，一般與名詞或代詞結合，表示事情的地點、方法、依據。譬如〈寡人之於國也〉（上）（見頁 032）有「移其民於河東」一句。當中「於」是介詞，表示位置，相當於「到」。「移其民於河東」就是說「把當地的百姓遷徙到黃河以東。」

- - -

　　介詞省略，就是指文言文中的介詞被省略了。例如課文一開始說：

　　原句：　【於】　甕中　盛穀　➡　省略：　甕中　盛穀

　　這句原作「【於】甕中盛穀」，由於本文每句均為四字，為了使行文更緊湊，作者於是省略了表示位置的介詞「於」，寫成「甕中盛穀」。語譯時一定要補回介詞「往」，寫成「往甕缸裏盛滿了穀物」，否則就會失分。

- - -

　　此外，表示利用、運用的介詞「以」也經常被省略。譬如〈李惠杖審羊皮〉（見本叢書《初階》）裏，李惠命人用棍子拷打羊皮，原文應為：

　　原句：　【以】　杖　擊之　➡　省略：　杖　擊之

　　為了使行文更緊湊，這句於是省略了介詞「以」，寫成「杖擊之」。同樣，語譯時緊記要把省略了的介詞寫出來。

- - -

　　除了「於」、「以」，本文還省略了另一個介詞，大家知道是甚麼介詞嗎？不妨參考〈乘風破浪〉（見頁 043）這一課。

《百喻經》是天竺（今天的印度）僧人僧伽斯那所編寫的，後來他的弟子求那毘（讀【皮】）地前來南齊傳道，並在首都建業把這本書翻譯為漢語。

「百喻」就是「一百個比喻」，《百喻經》卻只有九十八個寓言故事；有學者認為，如果連同書本開首的引言和末尾的跋（讀【拔】）文一同計算，就合共有一百則故事。

《百喻經》每則故事都是每四字一句，雖然不押韻，可是由於句式整齊，因而讀起來朗朗上口，讀者易於記誦。譬如本課，文中主角誤信老人的建議，結果不但把自己的駱駝害死，更把甕缸打破了，結果正如本文的原標題那樣——「駝甕俱失」。作者以此比喻有些人一心向佛，卻因為「五慾」而打破戒律，結果不但不能向佛，更讓自己走向無惡不作的境地，得不償失。

明 辨 是 非

根據《資治通鑑》，唐太宗曾經問魏徵：「人主何為而明？何為而暗？」明，就是「明辨是非」；暗，就是「昏庸糊塗」。魏徵這樣回答：「兼聽則明，偏聽則暗。」

所謂「兼聽」，是指廣泛聽取不同人的意見，譬如堯帝就經常聽取百姓的意見，故此掌握了三苗部落的惡行，繼而出兵征討；舜帝耳聽八方，因此共工、鯀、歡兜這些奸臣都不能蒙蔽他。相反，秦二世偏信趙高，最終被趙高所殺；隋代的虞世基訛稱民變規模不大，隋煬帝卻偏信之，最終死於兵變。

不只是古代帝王，即使是處於二十一世紀的我們，如果要做到明辨是非，亦必先做到「兼聽」——如果不聽取不同渠道的意見，只偏信一家之言，也沒有親自查明，就只會成為這個大時代裏愚昧無知的人。

文章理解

1. 試解釋以下文句中的粗體字，並把答案寫在橫線上。

   (i)　來**語**之言。　　　　　　　　　　**語**：＿＿＿＿＿＿＿

   (ii)　汝**當**斬頭。　　　　　　　　　　**當**：＿＿＿＿＿＿＿

2. 試根據文意，把以下文句語譯為語體文。

   汝用我語，必得速出。

   ＿＿＿＿＿＿＿＿＿＿＿＿＿＿＿＿＿＿＿＿＿＿＿＿＿＿＿＿＿＿＿

3. 請在 3A 至 3C 的【　　】內補回適當的介詞。

4. 文中主角為甚麼感到煩惱？

   ＿＿＿＿＿＿＿＿＿＿＿＿＿＿＿＿＿＿＿＿＿＿＿＿＿＿＿＿＿＿＿

5. 承上題，老人教文中主角怎樣做？

   ＿＿＿＿＿＿＿＿＿＿＿＿＿＿＿＿＿＿＿＿＿＿＿＿＿＿＿＿＿＿＿

6. 下列哪一項不是故事的結局？

   ○ A. 世人恥笑文中主角。

   ○ B. 文中主角恥笑老人。

   ○ C. 甕缸被文中主角打碎。

   ○ D. 駱駝被文中主角殺死。

7. 作者為甚麼說文中主角是「癡人」？

   ＿＿＿＿＿＿＿＿＿＿＿＿＿＿＿＿＿＿＿＿＿＿＿＿＿＿＿＿＿＿＿

   ＿＿＿＿＿＿＿＿＿＿＿＿＿＿＿＿＿＿＿＿＿＿＿＿＿＿＿＿＿＿＿

曹劌論戰（下）

　　觀察入微是曹劌的一大優點。他觀察到，魯莊公身邊的大臣，都是平庸的肉食者；他更觀察到，真正能幫魯莊公打勝仗的，既不是大臣，也不是神明，而是能夠安居樂業的百姓。

　　曹劌亦把觀察入微的優點帶到戰場，他觀察到敵軍士氣低落的徵兆，觀察到敵軍是否真的敗走，最終讓魯國以少勝多。

　　萬物的美醜善惡，在乎仔細觀察。能仔細觀察者，就如英國詩人布萊克（William Blake）的名句所說：「一沙一世界，一花一天堂。」

原文　《左傳·莊公十年》

　　公與之乘，戰于❶長勺。公將鼓❷之，劌曰：「未可。」齊人三❸鼓，劌曰：「可矣。」齊師敗績，公將馳之，劌曰：「未可。」6A. 下，視其轍❹，登軾❺而望之，曰：「可矣。」遂逐齊師。

　　既克❻，公問其故。對曰：「夫戰，勇氣也。一鼓作氣，再而衰，三而竭，彼竭我盈，故克之。夫大國難測也，6B. 懼有伏焉，吾視其轍亂，望其旗靡，故逐之。」

注釋

1. 于：同「於」。
2. 鼓：擊鼓進軍。
3. 三：三次。
4. 轍：車輪在地面輾過所留下的痕跡。
5. 軾：車前作為扶手的橫木。
6. 克：戰勝。

文言知識

第 三 人 稱 代 詞

我們在〈硯眼〉（見頁 077）重溫了表示「你」和「我」的文言人稱代詞，今課我們會重溫第三人稱代詞。

文言第三人稱代詞有：之、其、彼、厥、伊、渠，可譯作「他/她/牠/它（們）」或「他/她/牠/它（們）的」。

【一】〈折箭〉（見頁 120）有這句：「汝取一支箭折之」，「之」就是指代前文的「一支箭」，可以譯作「它」。

【二】〈鷸蚌相爭〉（見本叢書《初階》）有這句：「漁者得而并禽之」，「之」就是指代前文的「鷸」和「蚌」，可以譯作「牠們」。

【三】〈曹劌論戰〉（上）（見頁 046）有這句：「其鄉人曰」，「其」就是指代前文的「曹劌」，可以譯作「他的」。

【四】〈南岐之人〉（見頁 158）有這一句：「彼既安於常故」，當中「彼」就是指代前文的南岐百姓，可以譯作「他們」。

【五】朱熹的詩歌〈觀書有感〉有這一句：「問渠那得清如許？」「渠」不是名詞，不能解作「溝渠」，而是人稱代詞，指代前文的池水，可以譯作「它」；而這個「渠」更演化成今天粵語的「佢」字，相當於「他」。

　　本課是前文〈曹劌論戰〉（上）的續篇兼結局。魯莊公正式迎戰後，就讓曹劌當上軍師，與自己一同乘坐戰車作戰。春秋時代，交戰雙方都會先擊鼓，待士氣振奮後才出擊，可是曹劌在齊軍第一次擊鼓後，不讓魯軍出戰，卻待到對方第三次擊鼓後才出擊。

　　想不到兵力薄弱的魯軍竟然可以擊敗齊軍！莊公想乘勝追擊，卻被曹劌阻止。曹劌反而先下車，觀察齊軍戰車的車輪痕跡，然後再登上戰車遠望，才讓魯軍追擊。

　　事後，曹劌向莊公解釋種種舉動的原因：齊軍擊鼓兩次後，魯軍都沒有出戰，齊軍士氣低下，魯軍自然應該乘機出兵；齊國雖然被擊敗，可是曹劌擔心會有埋伏，他發現齊軍的車輪痕跡混亂不堪，軍旗又紛紛倒下，認為齊軍真的敗走，才讓魯軍加以追擊。

觀察入微

　　法國小説家莫泊桑（Maupassant）是「世界三大短篇小説巨匠」之一。年輕時，他向著名小説家福樓拜（Flaubert）拜師學藝。福樓拜吩咐莫泊桑每天站在家門口，仔細觀察來來往往的馬車，並詳細記錄下來，而且要長期記下去。

　　莫泊桑觀察了兩天，也寫了兩天，卻依然覺得沒有甚麼可以寫，於是又再向福樓拜請教。福樓拜説：「晴天時馬車是怎樣走的？雨天時又是怎樣走的？上坡下坡時馬車怎樣走？這一切你都能寫得清楚嗎？你還覺得這沒有甚麼可以寫嗎？」從此，莫泊桑天天站在大門口，全神貫注地觀察來往的馬車。他從中獲得了豐富的材料，寫了一些作品，然後請福樓拜指導。

　　莫泊桑遵循福樓拜的教導，經常深入生活，仔細觀察，積累材料，堅持天天寫，最終成了法國著名的作家。可見，想要寫好文章，先決條件不是成語或修辭手法的多寡，而是對於描寫對象的觀察是深是淺。

文章理解

1. 試解釋以下文句中的粗體字，並把答案寫在橫線上。

   (i)　遂逐齊**師**。　　　　　　　　　**師**：＿＿＿＿＿＿＿

   (ii)　**再**而衰，三而竭。　　　　　**再**：＿＿＿＿＿＿＿

2. 試根據文意，把以下文句語譯為語體文。

   公與之乘，戰于<u>長勺</u>。

   ＿＿＿＿＿＿＿＿＿＿＿＿＿＿＿＿＿＿＿＿＿＿＿＿＿＿＿＿

3. <u>曹劌</u>阻止<u>魯莊公</u>乘勝追擊後，做了甚麼事情？

   ＿＿＿＿＿＿＿＿＿＿＿＿＿＿＿＿＿＿＿＿＿＿＿＿＿＿＿＿

4. <u>曹劌</u>提到「彼竭我盈」。「彼」和「我」分別指甚麼？他為甚麼要說這句話？

   ＿＿＿＿＿＿＿＿＿＿＿＿＿＿＿＿＿＿＿＿＿＿＿＿＿＿＿＿

   ＿＿＿＿＿＿＿＿＿＿＿＿＿＿＿＿＿＿＿＿＿＿＿＿＿＿＿＿

5. <u>曹劌</u>是怎樣確定齊軍真的戰敗了的？

   ＿＿＿＿＿＿＿＿＿＿＿＿＿＿＿＿＿＿＿＿＿＿＿＿＿＿＿＿

6. 試指出文中粗體文字的人物描寫手法，並分析<u>曹劌</u>的性格特點。

   A. 手法：＿＿＿＿＿＿＿描寫

   　　性格：＿＿＿＿＿＿＿＿＿＿＿＿＿＿＿＿＿＿＿＿＿＿＿＿

   B. 手法：＿＿＿＿＿＿＿描寫

   　　性格：＿＿＿＿＿＿＿＿＿＿＿＿＿＿＿＿＿＿＿＿＿＿＿＿

22 屈原至於江濱

　　屈原是忠君愛國的象徵，這點是不容置疑的，然而問題是：屈原投江自盡，是否死得有價值？

　　屈原於公元前 278 年投江，距離六國破滅尚有五十年，而當時郢都縱使已被攻破，楚頃襄王也只是出走逃難而已，就像唐玄宗因安史之亂而出走一樣，楚國還未到無可救藥的地步。如果屈原沒有輕生，而是返回郢都輔助楚王，讓楚王明白當前危機，那麼歷史有沒有可能改寫呢？

原文　據西漢・司馬遷《史記・屈原賈生列傳》略作改寫

　　屈原至於江濱。顏色憔悴，形容枯槁[稿]❶。漁父[苦]❷見而問之曰：「子非三閭[雷]大夫[見「文言知識」]歟？何故而至此？」

　　屈原曰：「舉世混濁而我獨清，眾人皆醉而我獨醒，是以見放。」漁父曰：「夫[見「文言知識」]聖人者，不凝滯❸於物而能與世推移。舉世混濁，何不隨其流而揚其波？眾人皆醉，何不餔[哺]其糟而啜[揚]其醨[離]❹？何故懷瑾握瑜而自令見放為？」

　　屈原曰：「吾聞之，新沐者必彈冠[壇]❺，新浴者必振衣，人又誰能以身之察察❻，受物之汶汶[問]❼者乎！寧赴常[嘗]❽流而葬乎江魚腹中耳！」

　　乃作〈懷沙之賦〉，於是懷石，遂自沉汨[覓]羅以死。

注釋

1 形容枯槁：身形乾瘦。
2 漁父：年長的漁夫。父，對長者的尊稱。
3 凝滯：停滯不前，可以理解為「執着」。
4 餔其糟而啜其醨：餔，進食。糟，酒渣。啜，飲用。醨，薄酒。
5 彈冠：用手彈走帽子上的灰塵。
6 察察：潔淨。
7 汶汶：污濁。
8 常：通「長」。

文言知識

解字六法——位

有些文言虛詞，出現在句中不同位置會有不同的解釋。而「位」這種解字方法，就是通過觀察文字在句子中的不同位置，確定該文字的詞性，並找出其正確字義。看看以下例子：

「焉」只用作虛詞，卻有兩個讀音：讀【言】時，一般用作語氣助詞或兼詞（見《高階》），多見於句尾；讀【煙】時，可以用作副詞或疑問代詞，但絕不會在句尾出現。我們可以根據這個原則分析以下句子中的「焉」字：

A. 懼有伏焉。（〈曹劌論戰〉（下），見頁 098）
B. 夫子將焉適？（《呂氏春秋·士節》）

例句 A 中的「焉」位處句尾，根據上述原則，它應該讀【言】，所表達的是陳述語氣。

至於例句 B 中的「焉」不在句子末尾，很有機會是疑問代詞或副詞，讀【煙】。根據句意，「焉」在這裏是疑問代詞，意思相當於「哪裏」。

公元前 293 年，屈原被第二次放逐，其後秦國不斷侵犯楚國，最後更攻破了郢都，楚頃襄王只好出走逃難。眼見國家正走向滅亡，自己卻無能為力，屈原於是萌生起輕生的念頭。

公元前 278 年，屈原走到長沙附近的汨羅江。在這裏，他遇上一位年長的漁夫。漁夫問他為甚麼會來到這偏僻的地方，屈原表示「舉世混濁而我獨清，眾人皆醉而我獨醒」，得不到世人的認同，因而被流放。漁夫卻建議他應該降低自己的標準，更不用「懷瑾握瑜」——死抱着一些所謂原則，而把自己逼迫得這麼辛苦。

可是屈原依然想不通，他覺得身軀清白就不能蒙受外物污染，言下之意是不肯跟世俗妥協，更明言寧願「葬乎江魚腹中」。結果，屈原寫完〈長沙〉這篇賦後，就抱着石頭，投汨羅江自盡了。

生 命 有 價

公元前 99 年，李陵主動請纓出擊匈奴，卻兵敗被俘，漢武帝震怒，正忙於編寫《史記》的司馬遷因而出面為李陵辯護。武帝卻認為司馬遷是在暗示自己錯用寵姬李夫人的兄長李廣利為主帥，因而導致這次戰事失利，盛怒之下將司馬遷打入天牢。

在漢代，死囚可以用五十萬錢來贖命；無奈司馬遷家貧，因此只好以極度侮辱的方式——行宮刑（閹割）來讓自己逃過一劫。

為甚麼司馬遷自願忍受宮刑的侮辱，成為閹人？他在寫給好友任安的書信中這樣說：「所以隱忍苟活，幽於糞土之中而不辭者，恨私心有所不盡，鄙陋沒世，而文采不表於後也。」司馬遷之所以這樣做，為的是要完成亡父的遺願——完成歷史巨著《史記》。

生命有價，不論甚麼情況，保住生命都是最重要的，這是放諸四海皆準的道理。如果當時司馬遷為了個人榮辱，寧死也不肯接受宮刑，那麼今天我們還可以讀到《史記》這偉大的著作嗎？

文章理解

1. 試解釋以下文句中的粗體字，並把答案寫在橫線上。

(i) **顏色**憔悴。 顏色：＿＿＿＿＿＿

(ii) 是以**見**放。 見：＿＿＿＿＿＿

2. 試根據文意，把以下文句語譯為語體文。

夫聖人者，不凝滯於物而能與世推移。

＿＿＿＿＿＿＿＿＿＿＿＿＿＿＿＿＿＿＿＿＿＿

3. 根據文章，屈原生前擔任過甚麼官職？＿＿＿＿＿＿＿＿＿＿

4. 屈原說：「舉世混濁而我獨清，眾人皆醉而我獨醒。」這說明了甚麼事情？

＿＿＿＿＿＿＿＿＿＿＿＿＿＿＿＿＿＿＿＿＿＿

5. 漁夫建議屈原「餔其糟而啜其醨」，目的是希望他：

○ A. 品嘗薄酒的美味。 ○ B. 和百姓飲酒同樂。

○ C. 能用酒來麻醉自己。 ○ D. 能放下不必要的原則。

6. 判斷以下句子所用的人物描寫手法。

(i) 顏色憔悴，形容枯槁。 ＿＿＿＿＿＿描寫

(ii) 寧赴常流而葬乎江魚腹中耳！ ＿＿＿＿＿＿描寫

(iii) 於是懷石，遂自沉汨羅以死。 ＿＿＿＿＿＿描寫

7. 你認同屈原以身殉國的做法嗎？為甚麼？

＿＿＿＿＿＿＿＿＿＿＿＿＿＿＿＿＿＿＿＿＿＿

＿＿＿＿＿＿＿＿＿＿＿＿＿＿＿＿＿＿＿＿＿＿

第 5 章

鵲招鸛救友

二鵲佪翔屋上，悲鳴不已。

忽數鵲對喙鳴，若相語狀，颺去。

一鸛橫空來，「閣閣」有聲，鵲亦
尾其後。

鸛……銜一赤蛇吞之。羣鵲喧舞，
若慶且謝者。

仁愛

一句流傳千古的「人禽之辨」，

讓我們總以為自己是萬物之靈，

其他動物都是沒有感情的，

都是不懂孝悌的。

事實卻正好相反，

小猿猴犧牲自由，換取母親死後的尊嚴；

鸛鳥不分彼此，勇救喜鵲的巢穴：

動物尚且懂得仁愛之道，

怎能不叫我們人類汗顏？

本章的五個故事：〈猿說〉、〈鵲招鸛救友〉、

〈少年治阿〉、〈折箭〉和〈物皆有靈〉，

就是從不同的層面出發，

教大家怎樣愛父母、朋友、長者，以至所有生命。

23

猿說

據《史記・項羽本紀》記載，楚、漢兩軍對峙期間，項羽從劉邦的家鄉沛縣，俘虜了劉邦的父親，更把他放置到砧板上，要挾劉邦投降，否則就把他的父親煮來吃。

劉邦卻竟然這樣說：「吾與項羽……曰『約為兄弟』，吾翁（父親）即若（你的）翁，必（如果）欲烹而翁，則幸（希望）分我一桮（杯）羹。」這也許是劉邦的激將法，可是眼見父親被烹殺在即，卻可以心安理得地說出這番話，劉邦還可以成為天下人的榜樣嗎？

反觀本課的主角猿猴，雖然母親已經死了，卻為了阻止獵人鞭撻母親的屍首，寧願被獵人捉住……

原文 明・宋濂

武平<u>產猿</u>，猿毛若金絲，閃閃可觀。猿子尤奇，性可馴，[純] 而不 見「文言知識」離母。

母黠 [瞎]，不可致 ❶。獵人以毒附矢，伺母間 [字][謙] ❷ 射之，母度不能生，灑乳於林飲 [蔭] ❸ 子。灑已，氣絕。獵人取母皮向子鞭之，子即悲鳴 見「文言知識」 而下，斂手就制 [臉]。每夕必寢 ❹ 皮乃安，甚者，輒抱皮跳擲 ❺ 而斃 見「文言知識」。

嗟夫 [遮扶] ❻ ！猿且知有母，不愛其死，況人也耶？余竊 ❼ 議曰：世之不孝子孫，其於猿子下矣！

注釋

① 致：接近。

② 間：不為意。

③ 飲：給別人喝。

④ 寢：睡覺。

⑤ 擲：跳躍。

⑥ 嗟夫：歎詞，相當於「唉」。

⑦ 竊：私下。

文言知識

文 言 連 詞 （ 三 ）

本課會講解常見於承接複句和遞進複句的連詞。

承接複句：表示後句的事情緊接前句出現。常見的連詞有：而（解作「然後」、「接着」）；便、遂、則、於是（解作「於是」、「就」）。例如本課第二段末有這一句：

原文：輒 抱 皮 跳擲 而 斃 。

譯文：總是抱着母親的毛皮亂跳，接着從樹上墮下死去。

遞進複句：表示後句的意思比前句更進一層。常見的連詞有：而、且、又（解作「而且」）；反、而（解作「反而」）。例如〈多歧亡羊〉（見頁 056）裏有這一句：

原文：羊 賤 畜 ，又 非 夫子之有 。

譯文：羊只是不值錢的牲畜，而且不是老師 擁有的。

還有一種遞進複句，後句用反問的語氣，同樣反映遞進的複句關係。常用的關聯詞有：尚、且（解作「尚且」）；況（解作「何況」）。譬如〈愚人食鹽〉（見本叢書《初階》）有這一句：

原文：少有 尚爾 ，況 復多 也？

譯文：加了一點尚且這樣美味，何況再多吃一點呢？

文章第一段介紹了武平縣特產：一種毛皮閃閃生光的猿猴，繼而指出小猿猴性格溫馴，卻總是不能離開母親。

第二段承接前文，記述猿猴母子間的感人故事。獵人用毒箭射殺母猿，母猿知道自己時日無多，於是用盡最後一口氣，來餵哺小猿猴；母猿死後，獵人在小猿猴面前鞭打母猿的毛皮，小猿猴寧可束手就擒，也不忍心看到母親的毛皮被鞭打。自此，小猿猴日夜抱着母親的毛皮，最終還憶母成狂，從樹上跳下來而死……

最後一段運用借事說理，更用上帶有反問語氣的遞進複句，指出人類本應比小猿猴更愛自己的母親，然而事實上卻並非如此。

誠然，我們常常提到「人禽之辨」，認為人類總比動物更有良知，然而綜觀古今往來的歷史，人類的言行有時不是比禽獸更禽獸嗎？

孝 順 父 母

孝順，由「孝」和「順」組成，前者指「奉養」，後者指「順從」。父母是我們的榜樣，我們自然要聽從父母的話，可是如果父母提出極不合理的要求，或者做了一些極不恰當的事，那麼我們還要順從他們嗎？

《孝經》的〈諫諍〉篇就提出了這個問題。以「孝」聞名天下的大孝子曾子（曾參）問孔子說：「敢問子從父之令，可謂『孝』乎？」一向提倡「孝」的孔子卻這樣回答：「父有爭子，則身不陷於不義。」當中的「爭」通「諍」，也就是「規勸」。孔子認為父親如果有一個能夠及時規勸自己的兒子，那麼即使做錯了事，也能及時回頭，不至於身陷不義的險境。孔子繼而總結說：「故當不義，則爭之。從父之令，又焉得為孝乎！」父母犯錯，子女應當規勸。如果明知道父母的命令是錯的、不合理的，卻依然聽從的話，根本談不上真正的「孝」。

文章理解

1. 試解釋以下文句中的粗體字，並把答案寫在橫線上。

   (i)   閃閃**可**觀。　　　　　　　　　　**可**：＿＿＿＿＿

   (iii) 性**可**馴。　　　　　　　　　　　**可**：＿＿＿＿＿

   (iii) 母**度**不能生。　　　　　　　　　**度**：＿＿＿＿＿

2. 試根據文意，把以下文句語譯為語體文。

   猿且知有母，不愛其死，況人也耶？

   ＿＿＿＿＿＿＿＿＿＿＿＿＿＿＿＿＿＿＿＿＿＿＿＿＿＿＿＿

3. 下列哪一項有關小猿猴的描述是錯誤的？

   ○ A. 非常聰明狡猾。　　　　○ B. 不能離開母親。

   ○ C. 毛皮閃閃生光。　　　　○ D. 本性非常溫馴。

4. 何以見得母猿非常疼愛小猿猴？

   ＿＿＿＿＿＿＿＿＿＿＿＿＿＿＿＿＿＿＿＿＿＿＿＿＿＿＿＿

   ＿＿＿＿＿＿＿＿＿＿＿＿＿＿＿＿＿＿＿＿＿＿＿＿＿＿＿＿

5. 「斂手就制」是指甚麼？小猿猴為甚麼要這樣做？

   ＿＿＿＿＿＿＿＿＿＿＿＿＿＿＿＿＿＿＿＿＿＿＿＿＿＿＿＿

   ＿＿＿＿＿＿＿＿＿＿＿＿＿＿＿＿＿＿＿＿＿＿＿＿＿＿＿＿

6. 對於人類的表現，作者認為本來應該怎樣？事實又是如何？

   ＿＿＿＿＿＿＿＿＿＿＿＿＿＿＿＿＿＿＿＿＿＿＿＿＿＿＿＿

   ＿＿＿＿＿＿＿＿＿＿＿＿＿＿＿＿＿＿＿＿＿＿＿＿＿＿＿＿

24

鵲招鸛救友

　　這一課跟〈鸚鵡滅火〉（見本叢書《初階》）一樣，都是通過動物的言行，來勸告世人要同舟共濟的寓言故事。而在現實世界裏，一樣有不同種類動物之間互助互濟的故事。

　　大家都知道，啄木鳥會啄走樹上的蟲子，可是當牠們專心啄木時，老鷹或會在背後偷襲牠們，那怎麼辦呢？不用怕，有山雀作為啄木鳥的守護者。

　　啄木鳥把樹上的蟲子啄到地上，山雀看見了，就高高興興地飛來進食。與此同時，一旦老鷹來襲，山雀就會突然安靜下來，從而給啄木鳥訊號，提醒牠盡快找尋藏身之所。

原文　據清・張潮《虞初新志・卷十八》略作改寫

　　某氏園中，有古樹，鵲^{見「文言知識」}巢其上，伏卵將^{見「文言知識」}雛。

　　一日，二鵲徊❶翔屋上，悲鳴不已。俄而有數鵲相向，鳴漸益近，百首皆向巢。忽數鵲對喙❷鳴，若相語狀，颺❸去。

　　少頃，一鸛橫空❹來，「閣閣」有聲，鵲亦尾其後。羣鵲向而噪，若有所訴。鸛復作聲，若允所請。瞥❺而上，搗❻巢，銜一赤蛇吞之。羣鵲喧舞，若慶且謝者。蓋鵲招鸛搏❼蛇相救也。

注釋

① 徊：徘徊、來回。

② 喙：雀鳥嘴巴。

③ 颺：高飛。

④ 橫空：橫越天空。

⑤ 瞥：很快地看一眼。

⑥ 搗：衝擊。

⑦ 搏：襲擊、擊退。

文言知識

解 字 六 法 —— 性

　　詞性與詞性之間，是有一定排列次序的。如果我們掌握了某個難字前後詞語的詞性，就可以推敲出這個難字的詞性和字義。「性」這種解字方法，正是通過前、後文詞語的詞性，來推敲難字的意思，特別適用於詞性被活用了的字詞上。

- -

　　譬如課文開首有「鵲巢其上」這一句。「鵲」是喜鵲，「巢」是「雀巢」，「其上」是指「古樹的上面」，三者都是名詞，是不可能構成句子的。如果根據「名詞＋動詞＋名詞」或「主語＋謂語＋賓語」的句子結構，就可以推敲出「巢」在這裏並非名詞。

　　結合後文「伏卵將雛」一句，要知道母鵲得先「築巢」，才可以「伏卵」，繼而孵出小喜鵲，故此「巢」在這裏是從名詞被活用為動詞，解作「築巢」。由此可以知道，「鵲巢其上」應該語譯為「母鵲在古樹的上面築巢」。

- -

　　由於詞性的排列是有一定次序的，因此可以運用「性」這解字方法來推敲字義。大家可以參考「詞性活用（一）」（見頁 081）和「詞性活用（二）」（見頁 164）的內容。

《虞初新志》是清朝初年的文言短篇小説集,由張潮編輯,輯錄了明末清初各文章大家的文章,譬如魏禧的〈姜貞毅先生傳〉、侯方域的〈郭老僕墓志銘〉、王士禎的〈劍俠傳〉等,大抵都是真人真事。而本課則是輯錄自《聖師錄》中有關鸛鳥的故事。

有一天,喜鵲父母在雀巢上邊飛邊悲鳴,招引了過百隻喜鵲到來。不久,其中幾隻喜鵲似乎在對話,然後揚長而去,原來牠們在找外援——一隻鸛鳥。鸛鳥來到後,一眾喜鵲跟牠提出請求,鸛鳥也欣然答應。接着,鸛鳥不費吹灰之力,就從雀巢裏找到一條紅蛇,並把它吞下,解除了雀巢的危機。

反觀我們人類自己,現實中卻有不少見死不救的人,作為所謂「萬物之靈」,是不是應該感到慚愧呢?

談美德

同 舟 共 濟

在《孫子兵法‧九地》裏,孫武曾提及過「率然」這種動物。率然是一種蛇,牠們的頭受到襲擊,尾巴就會來幫忙;尾巴受到襲擊,頭部就會來幫忙;腰部被襲擊,則頭部和尾巴都會來幫忙。孫武繼而這樣説:「夫吳人與越人相惡也,當其同舟而濟。遇風,其相救也,如左右手。」

熟悉春秋時代歷史的都知道,吳國、越國相爭多年,彼此交惡。可是一旦遇上風浪,船上的兩國百姓亦會放下成見,合力相救,走出困境。

誠然,許多國家為了政治、經濟、宗教等原因而反目成仇,甚至大動干戈。可是,當面對威脅全人類的困境時,他們是否可以放下心中的仇恨,攜手合作走出困局呢?如果動物都可以做到,為甚麼人類卻偏偏做不到呢?

文章理解

1. 試解釋以下文句中的粗體字，並把答案寫在橫線上。

   (i)　伏卵將**雛**。　　　　　　　　　　　　　雛：＿＿＿＿＿＿

   (ii)　百**首**皆向巢。　　　　　　　　　　　　首：＿＿＿＿＿＿

2. 試根據文意，把以下文句語譯為語體文。

   一鸛橫空來，「閣閣」有聲，鵲亦尾其後。

   ＿＿＿＿＿＿＿＿＿＿＿＿＿＿＿＿＿＿＿＿＿＿＿＿＿＿

3. 根據文章內容，判斷下列陳述。　　　　正確　　錯誤　　無從判斷

   (i)　赤蛇想要吃掉雀巢裏的喜鵲。　　　◯　　　◯　　　◯

   (ii)　鸛鳥是喜鵲們的朋友。　　　　　　◯　　　◯　　　◯

4. 為甚麼屋頂上的喜鵲父母要不停鳴叫？

   ＿＿＿＿＿＿＿＿＿＿＿＿＿＿＿＿＿＿＿＿＿＿＿＿＿＿

   ＿＿＿＿＿＿＿＿＿＿＿＿＿＿＿＿＿＿＿＿＿＿＿＿＿＿

5. 鸛鳥是怎樣幫助喜鵲解除危機的？

   ＿＿＿＿＿＿＿＿＿＿＿＿＿＿＿＿＿＿＿＿＿＿＿＿＿＿

   ＿＿＿＿＿＿＿＿＿＿＿＿＿＿＿＿＿＿＿＿＿＿＿＿＿＿

6. 請從文中找出與「俄而」同義的詞語。

   ☐☐

7. 本文想藉喜鵲和鸛鳥的故事帶出甚麼道理？

   ＿＿＿＿＿＿＿＿＿＿＿＿＿＿＿＿＿＿＿＿＿＿＿＿＿＿

   ＿＿＿＿＿＿＿＿＿＿＿＿＿＿＿＿＿＿＿＿＿＿＿＿＿＿

25 少年治阿

　　真正受人尊敬的統治者，不一定需要甚麼偉大的政績，反而一個小小的舉動，就足以感動百姓。譬如在〈唐臨為官〉（見本叢書《初階》）這個故事裏，唐臨只是縣中小官，卻向縣令提議讓罪名較輕的囚犯短暫回鄉，好趁春耕時節播種，使家人不至於挨飢抵餓。縣令不想惹禍上身，於是乘機告假，唐臨只好親自假釋囚犯。囚犯知道唐臨這樣做的動機，都非常感動，因此當春耕完畢，安頓好家中老幼後，都如約返回監獄裏。這件事後來傳到皇帝耳邊，唐臨更因而得以晉升。

　　當官施政，應當是為了百姓的福祉，一己的仕途反倒是其次。

原文 西漢·劉向《説苑·佚文》

　　子奇年十八，齊君使治阿 ❶。既 ❷ 行，齊君悔之，遣使追。追者返曰：「子奇必能矣！」齊君曰：「何以知之？」曰：「共載 ❸ 者皆白首也。夫以老者之智，以少者決之，必能治阿矣！」子奇至阿，鑄庫兵以為耕器，開倉廩 ❹ 以濟貧窮，阿大治 ❺。

　　魏聞童子為君 ❻，庫無兵，倉無粟，乃起兵擊之。阿人父率子，兄率弟，以私兵戰，遂敗魏師。

❶ 阿：地名，位於今天山東省的東　　❹ 倉廩：倉庫。

　　阿縣。　　　　　　　　　　　　❺ 大治：非常繁榮穩定。

❷ 既：已經。　　　　　　　　　　　❻ 君：這裏指地方長官。

❸ 載：乘車。

文言知識

虛詞「以」

「以」是常見的虛詞，可以用作介詞，也可以用作連詞。

用作介詞時，「以」的後面大多是名詞或名詞詞組，解作「把」、「用」、「由」、「憑藉」等等。例如課文第一段：

原句：| 以 | 老者之智 | ➡ 譯文：| 憑藉 | 老人家的智慧 |
　　　 介詞　名詞詞組　　　　　　　 介詞　名詞詞組

又例如〈迂公修屋〉（見頁 010）裏的這一句：

原句：| 何 | 以 | 為夫 | ➡ 譯文：| 憑藉 | 甚麼 | 當丈夫 |
　　　 代詞　介詞　　　　　　　　　 介詞　代詞

「何以」本作「以何」，是指「憑藉甚麼」，此處以倒裝形式出現，並成為了固定詞。

用作連詞時，「以」的後面大多是動詞，解作「來」、「去」，表示目的，多見於目的複句。譬如〈三戒・序〉（見頁 163）裏有這一句：

原句：| 出技 | 以 | 怒強 | ➡ 譯文：| 使出技倆 | 來 | 觸怒強者 |
　　　 行動　連詞　目的　　　　　　　 行動　　連詞　目的

在這個複句裏，前句是行動，指「使出技倆」；後句是目的，指「觸怒強者」。整個複句就是用連詞「以」來連接前句和後句，來表示做某件事情的目的。

〈少年治阿〉出自劉向編訂的《說苑》。「說」是「故事」，「苑」是「聚集」；簡單來說，「說苑」就是「故事集」。劉向收集了春秋戰國至漢代的故事，加以整理，藉此反映他的哲學思想、政治理想及倫理觀念。

齊國君主派遣年僅十八歲的子奇到阿地當官，可是後來卻擔心他不能勝任，於是派使者把子奇追回來，使者沒有把子奇帶回，卻反而認為在他管治下的阿地一定會繁榮穩定。

果然子奇的政策一切都為百姓着想，讓他們吃得飽，故此當魏國趁機出兵攻打阿地時，阿地的百姓都「夫率子，兄率弟」地拿起自己的兵器奮起抵抗。

千萬不要因為年輕人的年紀而輕視他們的能力，所謂後生可畏，年輕人的想法和能力，是絕對不能小覷的。

唯才是用

「不論年齡，唯才是用。」是今天推行年齡平等的口號。齊君任用年輕的子奇（雖然曾一度反悔），子奇聽取阿地長者的意見，都是唯才是用的表現。

其實，不只是年齡，對社會地位高低的偏見，其實也應該摒除。就好像曹操，他當丞相時，曾下了一道〈求賢令〉，文章末尾，他這樣說：「二三子其佐我明揚仄陋，唯才是舉，吾得而用之。」當中「仄陋」是指有才德卻地位卑微的人，曹操希望身邊的大臣可以幫他發掘這些人才，身份高低不是問題，只要是人才，都要一一舉薦。

古人尚且明白這個道理，可是現今社會呢？貧富差距越來越大，社會高低階層的差距也越來越闊，草根階層人士能否「向上流動」，自然是當局應該關注的課題。

文章理解

1. 試解釋以下文句中的粗體字，並把答案寫在橫線上。

   (i) 共載者皆**白首**也。　　　　　　白首：＿＿＿＿＿＿

   (ii) 齊君**使**治阿。　　　　　　　　使：＿＿＿＿＿＿

   (iii) 遣**使**追。　　　　　　　　　　使：＿＿＿＿＿＿

2. 試根據文意，把以下文句語譯為語體文。

   齊君曰：「何以知之？」

   ＿＿＿＿＿＿＿＿＿＿＿＿＿＿＿＿＿＿＿＿＿＿＿＿＿＿＿＿＿＿

3. 使者單憑子奇與長者同車，就認定他可以治理好阿地，是因為他

   認為子奇

   ○ A. 願意與長者分甘同味。

   ○ B. 曾告訴使者管治理念。

   ○ C. 不忍心長者長途跋涉。

   ○ D. 願意接納長者的意見。

4. 子奇抵達阿地後，推行了哪兩項政策？結果如何？

   (i) 政策：＿＿＿＿＿＿＿＿＿＿＿＿＿＿＿＿＿＿＿＿＿＿＿＿

   ＿＿＿＿＿＿＿＿＿＿＿＿＿＿＿＿＿＿＿＿＿＿＿＿＿＿＿＿＿＿

   (ii) 結果：＿＿＿＿＿＿＿＿＿＿＿＿＿＿＿＿＿＿＿＿＿＿＿＿

5. 你認為為甚麼阿地即使「庫無兵，倉無粟」，也可以打敗魏軍？

   ＿＿＿＿＿＿＿＿＿＿＿＿＿＿＿＿＿＿＿＿＿＿＿＿＿＿＿＿＿＿

   ＿＿＿＿＿＿＿＿＿＿＿＿＿＿＿＿＿＿＿＿＿＿＿＿＿＿＿＿＿＿

26

折箭

團結就是力量。戰國時代的蘇代意識到，如果趙國決意攻打燕國，就只會好像「鷸蚌相爭」的結局一樣——漁人得利。因此，他千里迢迢前往趙國，勸說趙王收兵，與燕國一起聯合對抗越來越強大的秦國。

南北朝時代的吐谷渾位處今天中國的西北部，雖然號為強國，卻因夾在一眾國家之間，不得不處處提防。如果連國家的管理層都分裂了，又怎麼可以團結百姓，對抗外敵？於是國王阿豺臨終前，就用「折箭」來說明這個道理。

原文 《魏書．吐谷渾傳》

阿豺❶有子二十人。阿豺謂曰：「〔見「文言知識」〕汝等各奉❷吾一支箭，折之地下。」俄而命母弟❸慕利延曰：「汝取一支箭折之。」慕利延折之。又曰：「汝取十九支箭折之。」延不能折。阿豺曰：「〔見「文言知識」〕汝曹知否？單者易折，眾則難摧，〔六〕戮力❹〔即〕一心，然後社稷可固。」

注釋

❶ 阿豺：南北朝時代 吐谷渾（讀【突玉雲】）的統治者。

❷ 奉：拿取。

❸ 母弟：這裏指同一母親所生的弟弟，即「胞弟」。

❹ 戮力：合力。戮，匯聚、集合。

文言知識

表 示 眾 數 的 助 詞

　　我們學過文言文中表示「你、我、他」的人稱代詞，如：吾、余、汝、爾、彼、之。這些文言人稱代詞有時可以表示單數，有時可以表示眾數。古人有時也會在這些代詞後面，加上表示眾數的助詞，即「等」、「輩」、「曹」、「儕」（讀【柴】）、「屬」等，用法相當於語體文中的「們」。

　　譬如「我輩無義之人」（〈荀巨伯遠看友人疾〉，見本叢書《初階》）和「吾儕醉不歸」（杜甫〈宴胡侍御書堂〉）中的「我輩」和「吾儕」，都解作「我們」。

　　又例如「爾曹身與名俱滅」（杜甫〈戲為六絕句〉其二）和「若屬皆且為所虜」（司馬遷《史記·項羽本紀》）中的「爾曹」和「若屬」都解作「你們」。

　　又如「如彼等者」（《史記·黥布列傳》）中的「彼等」解作「他們」。

　　此外，在名詞之前加上「眾」、「諸」等形容詞，也能夠表示眾數，可以語譯為「一眾」、「所有」。譬如《史記·滑稽列傳》裏的「諸縣令長」就是指「一眾縣的首長」；李綱〈病牛〉裏的「但得眾生皆得飽」就是指「只是希望所有人都可以吃飽」。

《魏書》記載了北朝時北魏接近一百五十年的歷史，由北齊的魏收編寫。本課即節錄自書中的〈吐谷渾傳〉。

吐谷渾，是西晉至唐朝期間在今天青海省一帶建立的國家，是鮮卑族慕容部的一支。文中的阿豺則是吐谷渾的第九代國王，418年即位，424年暴病而亡。臨終前，他召集二十個兒子和同母弟弟慕利延，以折箭為喻，告誡他們要團結一致，那麼國家就會像那十九枝箭一樣，變得非常穩固，不怕外敵入侵。

最後，他捨棄長子緯代，立弟弟慕璝（讀【歸】）為繼承人，到慕璝死後，才由慕利延繼任。

團 結 一 致

今天我們常常把「團結就是力量」這句話掛在嘴邊，原來這句話是源於歐洲的。

中世紀的歐洲經常出現兼併戰爭，一些處於弱勢的民族會被強大的國家所統治。譬如風車小國荷蘭，它曾經被西班牙帝國獨裁管治，後來七省聯合起兵反抗，最終在1581年建立荷蘭共和國。建國後，國人就用「Concordia res parvae crescunt」這句拉丁語作為國家格言。這句格言本來解作「團結令細微的茁壯」，後來才意譯成今天的「團結就是力量」。

到十九世紀，比利時、保加利亞等歐洲小國崛起，紛紛脫離舊有帝國的管治，他們都同樣以「團結就是力量」作為國家格言，告訴國民一旦國家民族遇上危難，最好的解決方法就是彼此團結起來。

其實，要團結的不只是一國之民，一個社區、一間學校、一個教室、一個家庭裏的每位成員，一樣需要團結，這樣才能應對種種危機，實現眾人的共同願望。

文章理解

1. 試解釋以下文句中的粗體字，並把答案寫在橫線上。

(i) **俄而**命母弟慕利延曰。　　　　俄而：＿＿＿＿＿＿

(ii) 然後**社稷**可固。　　　　　　　社稷：＿＿＿＿＿＿

2. 試根據文意，把以下文句語譯為語體文。

汝曹知否？＿＿＿＿＿＿＿＿＿＿＿＿＿＿＿＿

3. 阿豺起初叫他的二十個兒子做甚麼事情？

＿＿＿＿＿＿＿＿＿＿＿＿＿＿＿＿＿＿＿＿＿＿

4. 阿豺先後叫慕利延做甚麼事情？結果怎樣？

	事情	結果
先	i.	能夠折斷
後	ii.	iii.

5. 下列哪一句中的粗體着色字，意思跟另外三個的不同？

○ A. 囚**等**皆感恩。（〈唐臨為官〉）

○ B. 既馳三**輩**畢。（〈田忌賽馬〉）

○ C. 諸子**輩**從皆好學。（〈乘風破浪〉）

○ D. 於是**眾**工皆憊恚。（〈賄賂失人心〉）

6. 請用一句六個字的諺語，總括本課所帶出的道理。

7. 「單者易折，眾則難摧」運用了哪種修辭手法？

＿＿＿＿＿＿＿＿＿＿＿＿＿

27

物皆有靈

香港曾經出現過一則都市傳說：

話說很久之前，屠房裏一位屠夫準備屠宰一頭黃牛，當屠夫把黃牛拉入屠房時，黃牛死也不肯前行，屠夫只好請同伴一起幫忙。到了屠房，屠夫拿起肉刀準備宰殺黃牛時，黃牛竟然流下眼淚來！

黃牛不只流淚，身體還在瑟縮顫抖。屠夫和同伴們看見了，認為是神仙顯靈，如果真的把黃牛宰殺，會有不吉利的事情發生，最終放下屠刀，把黃牛放走。

其實動物一樣有自己的情感，只是不能跟人類直接溝通而已。當眼見自己即將被宰殺，牠們難道不應該哭出來嗎？

原文 據清・曾衍東《小豆棚・物類》略作改寫

博山 ❶ 西關 李氏，家蓄一狍【庖】，最馴，見人則呦呦❷【憂】鳴，或作抵角❸狀。其家門外皆山，狍有時出，至暮必歸，若牛羊之下來。

屬當❹秋祭，例用鹿，官督獵者急。獵者遍尋未遂〔見「文言知識」〕。狍似鹿，短小而肉❺角，遂〔見「文言知識」〕向 李氏求之，李氏不與，狍亦如故。

祭有日矣，獵者固請不已，李氏遲疑曰：「君且休，姑❻徐徐。」其日❼，狍去，遂〔見「文言知識」〕不歸。

注釋

① 博山：地名，位於今天山東省的淄博市。

② 呦：小動物的叫聲。

③ 抵角：用角頂撞對方，這裏帶有玩耍的意味。

④ 屬當：適逢、正值。

⑤ 肉：生長。

⑥ 姑：姑且、暫且。

⑦ 其日：這日、當日。

文言知識

虛詞「遂」

「遂」起初用作動詞，解作「前往」，後來又解作「成功」。譬如司馬遷〈報任少卿書〉裏有一句：「四者無一遂」，就是說在報效君王、引進賢才、攻城殺敵、飛黃騰達這四件事裏，司馬遷沒有一件是成功的。

從「成功」一義，「遂」也引申出多個新字義，都用作虛詞。「成功」是事情的結局，因此「遂」也解作「最終」，作副詞用，表示事情的結果。譬如〈賄賂失人心〉有「室遂不葺以圮」一句，當中「遂」就解作最終，表示北郭家屋子的結局——因為沒有及時修葺而倒塌。

「遂」也引申出「於是」這個字義，表示事情的下一步。譬如〈孟母擇鄰〉有「遂居及」一句，孟母發現居住在學校旁邊，可以讓孟子變得有禮，故此決定在學校附近定居下來。「遂」在這裏就解作「於是」，說明定居在學校附近是孟母發現孟子有改進的結果。

緊記不要把「於是」和「最終」這兩個字義混淆，關鍵在於有關情節是否故事的結局。〈孟母擇鄰〉裏「遂居及」看似是結局，可是真正的結局，是孟子「卒成大儒」，當中「卒」解作「最終」，故此「遂」應該理解為「於是」。

《小豆棚》是乾隆年間曾衍東的筆記小說作品。所謂「筆記小說」，就是指筆記式的短篇故事集。

《小豆棚》所輯錄的不是一般的小故事，而是歌頌人性光輝、貶斥人性陰暗面的故事。本課記述李家所蓄養的狍子極有靈性，善於與人相處，甚至每天外出後，都會準時回家。可惜的是，李家抵不住獵人的苦苦請求，因而萌生了獻出狍子作祭祀之用的念頭，結果這隻狍子當日就離開了李家，一去不返。

動物無法說話，卻能聽懂人類的話，牠們是有靈性的，因此作為所謂「萬物之靈」的人類，緊記要善待動物。

尊 重 生 命

筆者曾經跟一位當貓義工的朋友去探望和餵養一些流浪貓。有一次，有人目睹一隻流浪貓被人類飼養的犬隻欺負和咬傷。為了盡快給牠醫治，筆者跟貓義工朋友於是一起前往公園，即使機會多麼渺茫，我們也希望能找到那隻流浪貓。

我們在公園裏放置貓籠，裏面裝有食物和機關。兩個小時後，這隻流浪貓終於出現。牠既好奇，又小心翼翼地走近貓籠，想吃裏面的肉，但又怕被傷害。不過，長期的飢餓讓牠顧不了這麼多，最後終於走進了籠子裏。

我們馬上用布蓋着籠子，以免流浪貓受驚。筆者從布匹的縫隙中偷看牠：牠是一隻橘貓，非常瘦弱，而且遍體鱗傷，左前爪和右眼附近尤其嚴重，相信是之前被犬隻咬傷的。

筆者很痛心。如果是流浪狗襲擊流浪貓，我尚且覺得這是弱肉強食的定律，但這隻狗是有人看管的，狗主本身養狗，應當知道生命的可貴，卻為甚麼放任自己飼養的狗殘害其他生命呢？不懂得尊重生命的人，還值得我們尊重嗎？

文章理解

1. 試解釋以下文句中的粗體字，並把答案寫在橫線上。

   (i) 獵者遍尋未**遂**。　　　　　　　　　遂：＿＿＿＿＿＿

   (ii) 獵者**固**請不已。　　　　　　　　　固：＿＿＿＿＿＿

2. 試根據文意，把以下文句語譯為語體文。

   遂向李氏求之。

   ＿＿＿＿＿＿＿＿＿＿＿＿＿＿＿＿＿＿＿＿＿＿＿＿＿＿＿＿＿

3. 根據第一段，何以見得文中的狍子極具靈性？

   (i) ＿＿＿＿＿＿＿＿＿＿＿＿＿＿＿＿＿＿＿＿＿＿＿＿＿＿

   (ii) ＿＿＿＿＿＿＿＿＿＿＿＿＿＿＿＿＿＿＿＿＿＿＿＿＿＿

4. 文章沒有從以下哪方面描寫狍子？

   ○ A. 叫聲　　　○ B. 外貌　　　○ C. 心理　　　○ D. 習性

5. 為甚麼獵人會打李家狍子的主意？

   ＿＿＿＿＿＿＿＿＿＿＿＿＿＿＿＿＿＿＿＿＿＿＿＿＿＿＿＿＿

6. 根據文章內容，完成下列表格。

獵人	李家的回應
首次請求	i.
多次請求	ii.

7. 故事的結局怎樣？你認為為甚麼會這樣？

   ＿＿＿＿＿＿＿＿＿＿＿＿＿＿＿＿＿＿＿＿＿＿＿＿＿＿＿＿＿

   ＿＿＿＿＿＿＿＿＿＿＿＿＿＿＿＿＿＿＿＿＿＿＿＿＿＿＿＿＿

第6章

虐吏崔弘度

崔弘度……嘗戒左右曰：「無得
誑我。」

後因食鱉，問侍者曰：「美乎？」

曰：「美。」

弘度曰：「汝不食，安知其美？」皆
杖焉。

體諒

世道艱難，

生活已經非常不容易，

為甚麼我們就不可以拿出一點同理心，

去理解別人的一言一行？

下人說「美味」，並非有意欺瞞，

而是對吃着水魚的崔弘度感同身受，

崔弘度沒有同理心，竟然將他杖打。

人非聖人，皆有犯錯之時，

我們應該拿出同理心，

對別人的錯處多加體諒和包容。

本章只有三個故事——

〈名落孫山〉、〈梁上君子〉和〈虐吏崔弘度〉，

都帶出同一訊息：

做每一個決定前，都應該先顧及對方的感受。

28

名落孫山

　　語言藝術，不是叫我們對別人阿諛奉承，説好話、拍馬屁，而是運用逆向思維，用相對溫和的方式，包裝一些不好的事實，或者婉言相勸，在不令對方反感的情況下達到目的。

　　就好像本課的主角孫山。他巧用自己的名字，婉轉地給鄉人道出一個壞消息，避免直接提起他的痛處。

原文　據南宋・范公偁《過庭錄》改寫

　　吳人孫山，滑稽❶才子也。赴舉他郡❷，鄉人托以子偕往。
榜❸發，鄉人子失意，山綴榜末，先歸。鄉人問其子得失，山曰：
「解名❺盡處是孫山，賢郎❻更在孫山外。」

注釋

❶ 滑稽：能言善辯。

❷ 郡：本是地方行政單位名稱，規模相當於「省」，這裏則解作「地方」。

❸ 榜：科舉考試及格的名單。

❹ 解名：鄉試及格的名單。

❺ 賢郎：對對方兒子的敬稱。

文言知識

古今異義

有一些詞語，在古代是某個意思，到今天卻是另有所指。這種詞義隨時間而出現變化的情況，就叫做「古今異義」。

司馬遷在《史記·滑稽列傳》中這樣評價齊國大臣淳于髡（讀【純如昆】）：「滑稽多辯」。唐代人司馬貞這樣解釋：「滑，亂也；稽，同也。言辨捷之人，言非若是，説是若非，言能亂異同也。」配合後文的「多辯」，可以知道「滑稽」在古代是解作「能言善辯」。本課課文裏的「滑稽」，也是這個意思。可是到了今天，「滑稽」卻是指言行詼諧、鬼馬，引人發笑。這是古今異義的經典例子。

又例如「地方」，今天最普遍的意思是「地區」。〈鄒忌諷齊王納諫〉（下）（見本叢書《初階》）裏有「今齊地方千里」一句。句中「地方」出現了古今異義，不是解作「地區」，而是指「疆土（地）面積（方）」，故此「今齊地方千里」就是説「如今齊國疆土面積達千里」。

又如〈屈原至於江濱〉（見頁 102）裏「顏色憔悴」一句，當中「顏色」一詞不解作「色彩」，而是指「面容、臉色」，句子是描述了屈原的臉色發黃，十分困頓、萎靡。這裏同樣出現了古今異義。

宋代的科舉考試分為三級：鄉試、省試和殿試。當中「鄉試」是在地方舉行的考試。在鄉試中及格的考生，會被保送到首都參加省試。由於「保送」稱為「解」，因此鄉試又被稱為「解試」。

本文的主角孫山參加的正是鄉試。孫山的同鄉託他帶同自己的兒子一同應考。到放榜時，孫山知道自己排榜尾——當然有資格晉級，參加省試，於是先行回鄉。同鄉見孫山回來，因而問及他兒子的成績。

孫山既不好直接說他的兒子不及格，又不想同鄉以為自己在炫耀，於是婉轉地回答說：「解名盡處是孫山，賢郎更在孫山外。」孫山沒有說自己考中，而是說自己在榜尾；也沒有直接說同鄉的兒子不及格，只是說他排在自己的後面，可是一切已盡在不言中。能夠善用語言藝術，足見孫山果然一如文章開首給予的評價：「滑稽才子」。

語 言 藝 術

馬克‧吐溫（Mark Twain）不只是《湯姆歷險記》、《乞丐王子》這些家喻戶曉小說的作者，更是充滿智慧的「幽默大師」。

有次，馬克‧吐溫應邀出席宴會。席間，他稱讚一位貴婦美麗動人，那位貴婦卻說：「可是我不能用同樣的話回答你。」機敏的馬克‧吐溫因而笑着說：「沒關係，你也可以像我一樣說假話。」

又有一次，有人為了在愚人節作弄馬克‧吐溫，於是在報章上說他死了。他的親友紛紛趕來弔喪。當他們來到他家時，只見他還在桌前寫作。馬克‧吐溫知道來龍去脈後，就幽默地說：「報紙報道我死是千真萬確的，不過只是把日期提前了一點罷了。」

面對嘲諷、愚弄，馬克‧吐溫一律不卑不亢、不慍不火地應對，盡顯幽默、大氣之本色。因此名作家海倫‧凱勒也這樣說：「我喜歡馬克‧吐溫——誰會不喜歡他呢？即使是上帝，亦會鍾愛他，賦予其智慧，並於他心裏繪畫出一道愛與信仰的彩虹。」

文章理解

1. 試解釋以下文句中的粗體字，並把答案寫在橫線上。

   (i) 赴舉**他**郡。 　　　　　　　　　　　　**舉**：＿＿＿＿＿＿＿

   (ii) 鄉人問其子**得失**。 　　　　　　　**得失**：＿＿＿＿＿＿

2. 試根據文意，把以下文句語譯為語體文。

   鄉人托以子偕往。 ＿＿＿＿＿＿＿＿＿＿＿＿＿＿＿＿＿＿＿

3. 孫山和同鄉兒子的考試結果如何？請引用原文句子，並略作
   說明。

   (i) 原文：＿＿＿＿＿＿＿＿＿＿＿＿＿＿＿＿＿＿＿＿＿

   　　說明：＿＿＿＿＿＿＿＿＿＿＿＿＿＿＿＿＿＿＿＿＿

   (ii) 原文：＿＿＿＿＿＿＿＿＿＿＿＿＿＿＿＿＿＿＿＿＿

   　　說明：＿＿＿＿＿＿＿＿＿＿＿＿＿＿＿＿＿＿＿＿＿

4. 當被同鄉問及其兒子的成績，孫山怎樣回答？

   ＿＿＿＿＿＿＿＿＿＿＿＿＿＿＿＿＿＿＿＿＿＿＿＿＿＿＿＿＿

5. 承上題，你認為孫山為甚麼不直接回答鄉人的提問？

   ＿＿＿＿＿＿＿＿＿＿＿＿＿＿＿＿＿＿＿＿＿＿＿＿＿＿＿＿＿

   ＿＿＿＿＿＿＿＿＿＿＿＿＿＿＿＿＿＿＿＿＿＿＿＿＿＿＿＿＿

6. 下列哪一句中的「他」字，意思跟另外三個的不同？

   ○ A. 赴舉他郡。（〈名落孫山〉）

   ○ B. 他日，驢一鳴。（〈黔之驢〉）

   ○ C. 陰買他豬以償。（〈汧陽豬〉）

   ○ D. 恐他人又見。（〈孫叔敖埋兩頭蛇〉）

29

梁上君子

「梁上君子」是對小偷的雅稱。之所以用「君子」來稱呼，並非想美化偷竊這種罪行，而是源於陳寔對一位闖入家中的小偷寬宏教化的故事。

犯法的人，固然有十惡不赦的大奸大惡之輩，可是也不乏為勢所迫的小人物。我們在判定他們的罪名之前，是否也應該像陳寔那樣，先了解他們的背景和動機？

原文 據南北朝・宋・范曄《後漢書・荀韓鍾陳列傳》略作改寫

陳寔【寔】在鄉閭【閭】❶，平心率物❷。其有爭訟，輒求判於寔，曉譬❸曲直，退❹無怨者。

時歲荒❺民儉，有盜夜入其室，止於梁上。寔陰見，乃起自整拂【拂】，呼命子孫，正色訓之曰：「夫人不可不自勉。不善之人未必本惡，習以性成❻，遂至於此。梁上君子者是矣！」

盜大驚，自投於地，稽顙❼歸罪。寔徐譬之曰：「視君狀貌，不似惡人，宜深剋己反❽善。然此當由貧困。」遂遺【遺】❾絹二匹。自是一縣無復盜竊。

注釋

① 鄉閭：鄉間。

② 率物：判斷事物。

③ 曉譬：告訴、開導。

④ 退：悔改。

⑤ 歲荒：農作物失收。

⑥ 習以性成：壞習慣往往因忽視修養而形成。

⑦ 稽顙：即「稽首」，指跪拜叩頭，是最高級別的敬禮。

⑧ 反：通「返」，回歸。

⑨ 遺：贈與。

文言知識

虛　詞　「　於　」

「於」多用作介詞，有着不同的用法和意思。

【一】表示位置，相當於「在」、「到」。譬如課文這一句：

遂至於此。（於是淪落到【表示位置】這地步。）

【二】表示對象，相當於「給」、「向」。譬如課文又提到：

輒求判於寔。（總是向【表示對象】陳寔請求判決。）

【三】表示被動，相當於「被」。譬如〈繆賢薦藺相如〉（見頁 153）裏有這句：

君幸於趙王。（您被【表示被動】趙王寵信。）

【四】表示原因，相當於「因為」。譬如在〈生於憂患，死於安樂〉（見頁 050）裏，孟子説：

生於憂患。（因為【表示原因】憂慮禍患而掙扎求存。）

【五】表示比較，相當於「比」。〈猿説〉（見頁 108）最後一句這樣説：

其於猿子下矣！（他們比【表示比較】小猿猴差得遠了！）

梁，是「樑」的最初寫法，在文中是指屋裏的橫樑。「梁上君子」是小偷的代稱，但為甚麼會用「君子」來稱呼小偷呢？

事情要由東漢末年說起。陳寔（也就是〈陳太丘與友期行〉裏的陳太丘）為人公平公正，退休後回鄉，總能公正地裁決鄉民之間的糾紛。即使被陳寔教訓，鄉民也心甘情願，無怨無悔。

有次，陳寔暗中發現有個小偷躲在家裏的橫樑上，於是召集子孫，告誡他們即使是壞人，本性也未必是壞的，繼而指出橫樑上的「君子」正是這種人。原來陳寔認為小偷並非大奸大惡之輩，只是為勢所迫才淪為小偷，故此雅稱他為「君子」，希望給他改過的機會。

小偷連忙跳到地上，向陳寔叩頭謝罪。陳寔進一步確定小偷本性不壞，因而送給他兩匹絲綢。小偷的知錯能改、陳寔的寬宏大量，都值得我們學習。

寬宏大量

北魏的獻文帝篤信佛教，太子孝文帝深受影響，登位後處處表現得寬宏大量，盡顯王者風範。

司馬光的《資治通鑑》這樣記載：「（孝文帝）嘗於食中得蟲，又左右進羹誤傷帝手，皆笑而赦之。」如果事主是今天的食客，他們很有可能會跟店主理論，大聲叫嚷，甚至用手機拍攝再放上網，讓網民公審。可是孝文帝卻是一笑置之，並沒有責怪他們。

孝文帝最寬宏大量的表現，就是推行漢化改革。他本是鮮卑人，卻沒有摒棄漢文化，反而推行漢化改革，收窄國內鮮卑族與漢族及其他民族的分歧，最終使北魏走向黃金時期。

孝文帝以鮮卑族的身份管治漢族，卻能欣賞、學習漢族文化，歷史上像他這樣寬宏大量的，試問能有幾人？

文章理解

1. 試解釋以下文句中的粗體字，並把答案寫在橫線上。

   (i)　止**於**梁上。　　　　　　　　　**於**：＿＿＿＿＿＿

   (ii)　自投**於**地。　　　　　　　　　**於**：＿＿＿＿＿＿

2. 試根據文意，把以下文句語譯為語體文。

   夫人不可不自勉。

   ＿＿＿＿＿＿＿＿＿＿＿＿＿＿＿＿＿＿＿＿＿＿＿＿＿

3. 為甚麼每當鄉民之間發生爭執，都會請求陳寔裁判？

   ＿＿＿＿＿＿＿＿＿＿＿＿＿＿＿＿＿＿＿＿＿＿＿＿＿

4. 為甚麼小偷要潛入陳寔家裏偷竊？

   ○ A. 因為陳寔很富有。　　　○ B. 因為小偷憎恨陳寔。

   ○ C. 因為小偷本性兇惡。　　○ D. 因為小偷生活窮困。

5. 小偷認罪後，陳寔怎樣處理他？為甚麼陳寔會這樣做？

   (i)　做法一：＿＿＿＿＿＿＿＿＿＿＿＿＿＿＿＿＿＿＿

   　　做法二：＿＿＿＿＿＿＿＿＿＿＿＿＿＿＿＿＿＿＿

   (ii)　原　因：＿＿＿＿＿＿＿＿＿＿＿＿＿＿＿＿＿＿＿

6. 承上題，你認為陳寔的做法恰當嗎？試結合文章內容抒發己見。

   ＿＿＿＿＿＿＿＿＿＿＿＿＿＿＿＿＿＿＿＿＿＿＿＿＿

30

虐吏崔弘度

「善意謊言」不是真的叫我們說謊欺騙別人，相反，是出於說話者的好意，希望使對方感到好受一點。

可是，世界上有些人明知道善意謊言不是真的謊言，更不是衝着自己而說，卻偏偏對這些說善意謊言的人嗤之以鼻，本課的「虐吏」崔弘度就是這樣的一種人。

原文 唐・馮翊子《桂苑叢談》

崔弘度，隋文時為太僕卿❶，嘗戒左右曰：「無得誑我。」後因【宏】食鱉❷，問侍者曰：「美乎？」曰：「美。」弘度曰：「汝不食，安知【bit3】其美？」皆杖焉。長安為❸之語曰：「寧飲三斗醋，不見崔弘度；【胃】見「文言知識」 見「文言知識」寧茹三斗艾❹，不逢屈突蓋。」蓋，同時虐吏也。見「文言知識」 見「文言知識」

注釋

① 太僕卿：官職名稱，負責掌管皇帝的馬匹。

② 鱉：外形像龜，背甲呈灰黑色，有軟皮，又稱為「甲魚」，香港人俗稱「水魚」。

③ 為：為了。

④ 艾：艾草，味苦澀。

文言知識

文言連詞（四）

選擇複句可以分為兩類，所用的文言連詞也有所不同。

【一】一般選擇：這種複句會給出兩個選項，讓對方選擇，並以抑、或、若、其等連詞，把選項聯繫起來，意思相當於「還是」。例如柳宗元〈答韋中立論師道書〉：

有取乎？抑其無取乎？（這些文章值得參考嗎？還是不值得參考？）

又例如司馬遷《史記・魏其武安侯列傳》有這句：「願取吳王若將軍頭。」意指「決心取下吳王或潁陰侯的人頭」。

【二】取捨選擇：這類複句並非提供選項以供選擇，而是已經有了決定，一般會用上寧（寧可）、與（與其）等連詞。例如〈荀巨伯遠看友人疾〉：

寧以我身代友人命。（寧願用我的性命來換取朋友的性命。）

再如司馬遷《史記・魯仲連鄒陽列傳》有這句：「與人刃我，寧自刃。」意指「與其讓別人殺死我，寧可先自行了斷」。

導讀

　　馮翊（讀【亦】）子原名嚴子林，是唐末時期的人，他的《桂苑叢談》記載了隋、唐兩朝人物的言行軼事，包括本課的虐吏崔弘度。

　　所謂虐吏，與「酷吏」一樣，是指執法甚嚴、同時不講人情的官吏。崔弘度執法嚴酷，甚至把身邊的人當成犯人看待。

　　有一次，崔弘度正品嘗甲魚，突然興之所至，問身邊的隨從甲魚美味與否，也許不想讓主人掃興，也許想讓主人吃得開心點，隨從們於是紛紛回答「美味」，可是不識趣的崔弘度卻認為他們在欺騙自己，於是先後將他們杖打。

　　長安（應當是「大興」）城裏的百姓因而為崔弘度，還有另一位酷吏屈突蓋，作了一首歌謠，諷刺他們生性殘忍。

談美德

善 意 謊 言

　　美國作家歐·亨利（O. Henry）曾寫過一篇小說，叫做〈最後一片葉子〉（The Last Leaf）。故事講述華盛頓貧民窟裏有兩個年輕女畫家蘇和祖安娜。祖安娜不幸患上嚴重肺炎，她將生命的希望寄託在窗外的最後一片藤葉上，認為最後一片葉子落下，就是她生命結束之時。她的朋友蘇很傷心，於是把事情告訴鄰居老畫家貝爾曼。

　　不久，奇跡發生了。儘管屋外的風颳得怎樣厲害，窗外最後一片葉子已經枯萎，卻依然掛在高高的藤枝上。祖安娜看到了，就反問自己：為甚麼不能像那片葉子一樣？於是重拾生存信念，頑強地活了下來。

　　原來這片藤葉是貝爾曼繪畫的。可惜，這個善意謊言救活了祖安娜，卻救不了貝爾曼自己。他當時冒着風雨到戶外繪畫藤葉，因着涼而染上肺炎，最終不敵病魔去世。貝爾曼一生潦倒，畫作不被世人重視，卻在生命的最後時刻，以善意謊言拯救了他人。

文章理解

1. 試解釋以下文句中的粗體字，並把答案寫在橫線上。

   (i) 美**乎**？ 乎：＿＿＿＿＿＿＿

   (ii) 皆**杖**焉。 杖：＿＿＿＿＿＿＿

2. 試根據文意，把以下文句語譯為語體文。

   嘗**戒**左右曰：「無得誑我。」

   ＿＿＿＿＿＿＿＿＿＿＿＿＿＿＿＿＿＿＿＿＿＿＿

3. 當隨從說甲魚美味時，為甚麼崔弘度要懲罰他們？請摘錄文中相關句子，並加以說明。

   (i) 句子：＿＿＿＿＿＿＿＿＿＿＿＿＿＿＿＿＿

   (ii) 說明：＿＿＿＿＿＿＿＿＿＿＿＿＿＿＿＿＿

   ＿＿＿＿＿＿＿＿＿＿＿＿＿＿＿＿＿＿＿＿＿＿＿

4. 根據長安百姓所作歌謠，填寫下列表格：

i.	喝	ii.	,	iii	想遇上	iv.	。
	v.	苦艾				vi.	

5. 承上題，為甚麼他們會有這樣的想法？請根據文章內容加以說明。

   ＿＿＿＿＿＿＿＿＿＿＿＿＿＿＿＿＿＿＿＿＿＿＿

   ＿＿＿＿＿＿＿＿＿＿＿＿＿＿＿＿＿＿＿＿＿＿＿

第7章

御人之妻

晏子為齊相，出，其御之妻從門閒而闚其夫。

其夫為相御，擁大蓋，策駟馬，意氣揚揚甚自得也。

我們離婚吧！

為甚麼呢？

既而歸，其妻請去。夫問其故。

晏子⋯⋯身相齊國⋯⋯常有以自下者。今子⋯⋯乃為人僕御，然子之意自以為足。

謙遜

晏子貴為宰相，

卻總是深沉謙遜，毫無宰相的架子；

車夫只是宰相的車夫，

卻自以為滿足，經常顯露出得意洋洋的神態。

天外有天，人外有人，

一山還有一山高，

因此總不能認為自己是最好的，

應該抱着謙遜的態度，

精益求精，盡善盡美，

這樣才能在社會上立足，不斷進步。

本章有五個故事：

〈御人之妻〉、〈韓愈．賈島為布衣之交〉、

〈繆賢薦藺相如〉、〈南岐之人〉和〈臨江之麋〉，

希望通過真實的歷史故事及偽託的寓言故事，

告誡大家做人應該保持謙遜的態度。

31

御人之妻

常言道：「滿招損，謙受益。」謙虛待人，自然能給自己得着益處；自滿自大，則總會招致損失。這句話真的放諸四海皆準。

就好像課文裏的妻子，他看到晏子已經貴為齊國宰相，幾乎可以號令一國，出門時卻總是表現得非常謙虛；相反，自己的丈夫只是替晏子當車夫而已，卻經常是一臉洋洋得意的樣子，因此打算跟丈夫離婚……

原文 西漢·司馬遷《史記·管晏列傳》

晏子為齊相，出，其御❶之妻從門閒❷而闚其夫。其夫為相御，擁大蓋❸，策駟馬❹，意氣揚揚甚自得也。

既而歸，其妻請去。夫問其故。妻曰：「晏子長不滿六尺，身相❺齊國，名顯❻諸侯。今者妾觀其出，志念深矣，常有以自下❼者。今子長八尺，乃❽為人僕御，然子之意自以為足，妾是以求去也。」

其後夫自抑損。晏子怪而問之，御以實對。晏子薦以為大夫❾。

注釋

① 御：車夫。

② 閒：空隙。

③ 擁大蓋：拿着車子的大大的帳篷，這裏指乘坐大馬車。

④ 駟馬：四匹馬所拉的車。

⑤ 相：輔助。

⑥ 顯：顯揚。

⑦ 自下：自以為比不上別人。

⑧ 乃：只不過。

⑨ 大夫：職官名，諸侯國裏的高級官員，在「卿」之下。

文言知識

虛詞「其」

「其」是常見的虛詞，可以用作人稱代詞或指示代詞。

【一】作人稱代詞時，解作「他、她、牠、它（們）」。〈邴原泣學〉（見頁 068）有這句：「一則願其不孤。」（一方面羨慕他們不是孤兒。）

【二】也可解作「他、她、牠、它（們）的」。本課開首有這句：「其夫為相御。」（她的丈夫是宰相的車夫。）

【三】也可解作「自己的」。〈蘇秦刺股〉（見本叢書《初階》）有這句：「自刺其股。」（刺入自己的大腿。）

【四】用作指示代詞時，可以解作「這」或「那」。〈賄賂失人心〉（見頁 170）有這句：「乃用其人之言。」（才接納這班工匠的要求。）

【五】也可以解作「當中的」、「其中的」。〈曹劌論戰〉（下）（見頁 098）有這句：「公問其故。」（魯莊公問及當中的原因。）

【六】另外，「其」也可用作連詞，表示假設，相當於「如果」。〈不食嗟來之食〉（見本叢書《初階》）有這句：「其謝也可食。」（如果他已經道歉，那就可以吃。）

本課出自司馬遷的《史記‧管晏列傳》，這篇傳記所記載的人物是管仲和晏嬰，他們分別是春秋前期和後期的齊國宰相。

故事從晏子的車夫說起。一天，車夫的妻子從門縫偷看自己的丈夫，到車夫回家後，竟然請求他批准自己離開。

車夫大感疑惑，妻子於是坦白道：她發現晏子身高不過六尺，卻當上了齊國宰相，一舉一動都非常謙虛；相反，丈夫身高八尺，只不過是一個車夫，卻總自以為滿足。看到丈夫如此不長進，只好請求離開。

丈夫如夢初醒，從此一言一行都變得謙虛穩重，晏子發現後很是奇怪，於是查問原因，車夫只好把整件事和盤托出。晏子覺得車夫是一個可造之材，於是推薦他成為協助管理國事的大夫。

謙 遜

翻看古今中外的歷史，你或會發現，越有成就的人，他們往往越是謙遜。

在第二次世界大戰中，英國起初不敵納粹德國，邱吉爾（Sir Winston Leonard Spencer-Churchill）出任首相，一改昔日對德國的「綏靖政策」，轉守為攻，最終帶領國人打敗德國，成為了英雄。邱吉爾卸任時，英國國會打算通過提案，為他塑造一尊銅像，放在公園裏供遊人景仰。

一般人能夠享有此殊榮，自然高興還來不及，邱吉爾卻一口拒絕了。他說：「感謝大家的好意！可是我怕鳥兒會在我的銅像上拉糞，那是多麼大煞風景啊！所以我看還是免了吧。」戰功顯赫的邱吉爾尚且如此謙遜，不爭功勞，那麼我們又怎可以因小小的事情而驕傲終日？

文章理解

1. 試解釋以下文句中的粗體字，並把答案寫在橫線上。

    (i)　**其**妻請去。　　　　　　　　　　其：＿＿＿＿＿＿

    (ii)　夫問**其**故。　　　　　　　　　　其：＿＿＿＿＿＿

    (iii) 今者妾觀**其**出。　　　　　　　　其：＿＿＿＿＿＿

2. 試根據文意，把以下文句語譯為語體文。

    其御之妻從門間而闚其夫。

    ＿＿＿＿＿＿＿＿＿＿＿＿＿＿＿＿＿＿＿＿＿＿＿＿＿＿＿＿＿

3. 妻子從哪些方面將晏子與丈夫作比較？請填寫下表。

比較範疇	晏子	丈夫
i.	ii	八尺
iii	齊國宰相	iv.
性格	v.	vi.

4. 承上題，為甚麼妻子要這樣比較晏子和丈夫？

    ＿＿＿＿＿＿＿＿＿＿＿＿＿＿＿＿＿＿＿＿＿＿＿＿＿＿＿＿＿

    ＿＿＿＿＿＿＿＿＿＿＿＿＿＿＿＿＿＿＿＿＿＿＿＿＿＿＿＿＿

5. 根據本文，丈夫和晏子各有哪些值得稱讚的優點？

    (i)　丈夫：＿＿＿＿＿＿＿＿＿＿＿＿＿＿＿＿＿＿＿＿＿＿＿＿

    (ii) 晏子：＿＿＿＿＿＿＿＿＿＿＿＿＿＿＿＿＿＿＿＿＿＿＿＿

32

韓愈、賈島為布衣之交

　　大家作文時，有沒有試過為了一個字、一個詞語，甚至一個句子而感到苦惱？你會怎樣解決？是自己翻查字典或互聯網，看看有甚麼值得用的好詞好句？還是詢問老師或同學的意見，讓他們幫你一把？

　　本文的主角賈島是唐代著名的苦吟詩人。所謂「苦吟」，就是指詩人為作品中的每個字作苦心的錘煉。正因為賈島苦心錘煉詩歌用字，因而與同樣好用奇字險句、「唐宋古文八大家」之首的韓愈結為好友，甚至衍生出一個我們今天還經常使用的詞語。

原文 北宋・阮閱《詩話總龜・前集・卷十一》

　　賈島初赴舉，在京師。一日，於驢上得句云：「鳥宿池中樹，僧敲月下門。」又欲「推」字，煉之未定，於驢上吟哦 ❶，引手作推、敲之勢。觀者訝之。

　　時韓退之權京兆尹【允】❷，車騎【翼】❸方出，島不覺行至第三節，尚為手勢未已。俄為左右擁至尹前。島具 ❹對所得詩句「推」字與「敲」字未定，神遊象外 ❺，不知迴避。退之立馬，久之，謂島曰：「『敲』字佳。」遂並轡【嘗】❻而歸，共論詩道，留連累【裏】日 ❼，因與島為布衣之交 ❽。

注釋

① 吟哦：吟詠。

② 權京兆尹：兼任京師的首長。
權，兼任。京兆，即唐代首都
長安。

③ 騎：馬匹。

④ 具：詳細地。

⑤ 象外：物外，可以理解為「世界
之外」。

⑥ 轡：本指韁繩，這裏借指馬匹。

⑦ 留連累日：挽留（賈島）多日。
累，連續

⑧ 布衣之交：官員與平民之間的友
誼，也可以泛指朋友。

文言知識

平仄與對仗

在本叢書《初階》，我們已學會「四聲」：平、上、去、入；而「平仄」，則是對四聲的總體歸類：「平」解作平直，是指聲調平穩的「平聲」；「仄」解作曲折，是指聲調有高低變化的「上、去、入」三聲。古人就是根據平仄規定來寫格律詩的。

格律詩，又稱為「近體詩」，對詩歌的字數、句數、平仄、對仗有非常嚴格的規定。格律詩包括四句的「絕句」、八句的「律詩」，還有超過八句的「排律」。

律詩共八句，每兩句為一「聯」，依次稱為：首聯、頷聯、頸聯和尾聯。每一聯的上下句，其平仄都是相對的，也就是所謂「平對仄，仄對平」。當中頷聯和頸聯必須「對仗」：不但要做到平仄相對，更要做到詞性相對。

課文所引的「鳥宿池中樹，僧敲月下門」是賈島五律〈題李凝幽居〉的頷聯。論詞性，「鳥」對「僧」，是名詞；「宿」對「敲」，是動詞；「池中」對「月下」，是地點；「樹」對「門」，是名詞，字字相對；論平仄，上、下句分別為「仄仄平平仄，平平仄仄平」，聲聲諧協，可謂十分工整。

　　詩話，是以隨筆的形式，評論詩歌或記載詩人事跡；總龜，是對內容博大精深的典籍的美稱。《詩話總龜》共五十卷，內容豐富，當中最為人津津樂道的，就是賈島與韓愈成為詩友的故事：

　　賈島到京師考科舉，有一天，他在驢子上作詩，並為「僧敲月下門」和「僧推月下門」的用字而煩惱，因為未有迴避京兆尹韓愈的車馬隊，結果被隨從帶到韓愈面前。

　　賈島只是個毫無功名的平民，身為京師長官的韓愈卻願意仔細聆聽賈島斟酌「推」、「敲」兩字的前因後果，不但建議賈島選用「敲」字，更與賈島並馬回府，討論詩道，兩人最終亦結為布衣之交。

虛心受教

　　愛恩斯坦，一個無人不曉的名字，其〈狹義相對論〉更是曠古爍今的物理學傑作。可是，在他的文集《我的世界觀》（*Mein Weltbild*）裏，愛恩斯坦卻把完成〈狹義相對論〉的功勞，歸於他識於微時的同學——米歇爾・貝索（Michele Angelo Bess）。

　　貝索與愛恩斯坦相識於蘇黎世聯邦理工學院，二人經常討論物理學議題，尤其是時間和空間的關係。論學術水平，貝索比不上愛恩斯坦，愛恩斯坦卻不但沒有看不起貝索，反而經常參考貝索的意見，因而獲益匪淺，為日後發表〈狹義相對論〉打好基礎。

　　經過多年討論，在 1905 年 5 月某天，愛恩斯坦得到貝索的啟發後，茅塞頓開，終於想通了苦思十年的物理學兼哲學問題。經過五個星期的努力，最終把〈狹義相對論〉這篇論文呈現於世人面前，他亦把貝索視為唯一的致謝對象。

　　愛恩斯坦是天才，對於其他人的意見，卻依然虛心接受，最終成就自己，貢獻人類。這份難得的器量，作為普通人的我們，不是更應該擁有嗎？

文章理解

1. 試解釋以下文句中的粗體字，並把答案寫在橫線上。

   (i) **煉**之未定。　　　　　　　　　　煉：＿＿＿＿＿

   (ii) **尚**為手勢未已。　　　　　　　　尚：＿＿＿＿＿

2. 試根據文意，把以下文句語譯為語體文。

   俄為左右擁至尹前。

   ＿＿＿＿＿＿＿＿＿＿＿＿＿＿＿＿＿＿＿＿＿＿＿＿＿＿＿

3. 為甚麼賈島沒有迴避韓愈的車馬隊？

   ＿＿＿＿＿＿＿＿＿＿＿＿＿＿＿＿＿＿＿＿＿＿＿＿＿＿＿

4. 「過橋分野色，移石動雲根」是賈島〈題李凝幽居〉的頸聯，同
   樣寫得非常工整。試從詞性和平仄兩方面，分析這兩句寫得工整
   之處。

   (i) 詞性：＿＿＿＿＿＿＿＿＿＿＿＿＿＿＿＿＿＿＿＿

   ＿＿＿＿＿＿＿＿＿＿＿＿＿＿＿＿＿＿＿＿＿＿＿＿＿＿＿

   ＿＿＿＿＿＿＿＿＿＿＿＿＿＿＿＿＿＿＿＿＿＿＿＿＿＿＿

   (ii) 平仄：＿＿＿＿＿＿＿＿＿＿＿＿＿＿＿＿＿＿＿＿

5. 根據文章內容，韓愈為人如何？試舉一例加以說明。

   ＿＿＿＿＿＿＿＿＿＿＿＿＿＿＿＿＿＿＿＿＿＿＿＿＿＿＿

   ＿＿＿＿＿＿＿＿＿＿＿＿＿＿＿＿＿＿＿＿＿＿＿＿＿＿＿

6. 這個故事後來衍生出哪一個兩字詞語？詞義是甚麼？

   (i) 詞語：⬚⬚

   (ii) 詞義：＿＿＿＿＿＿＿＿＿＿＿＿＿＿＿＿＿＿＿＿

33

繆賢薦藺相如

戰國後期，趙國依然有足夠力量與強秦對抗，實在有賴藺相如和廉頗一文一武的努力。

藺相如和廉頗俱是「上卿」，地位跟宰相相若，可是藺相如本身只是宦官頭目繆賢的舍人，社會地位不高（因此廉頗曾辱罵藺相如為「賤人」），為甚麼可以一躍而成為舉足輕重的大臣？原來是得到了繆賢的舉薦。繆賢之所以舉薦藺相如，並不是覺得藺相如奇貨可居，會為自己帶來好處，而是為了報答他當年的救命之恩。

原文 據西漢‧司馬遷《史記‧廉頗藺相如列傳》略作改寫

趙惠文王時，得楚和氏璧。秦昭王聞之，使人遺❶〔胃〕趙王書，願以十五城請易❶〔亦〕璧。趙王與大將軍廉頗諸大臣謀：欲予秦〔棵〕，秦城恐不可得，徒見❶〔見「文言知識」〕欺；欲勿❷予，即患秦兵之來。計未定，求人可使報❸〔試〕秦者，未得。

宦者令繆賢❹〔幻〕〔妙〕曰：「臣舍人藺相如❺〔瀉〕〔論〕可使。」王問：「何以知之？」

對曰：「臣嘗有罪，竊❻計欲亡走燕，臣舍人相如止臣，曰：『君何以知燕王？』臣語曰：『臣嘗從大王與燕王會境上，燕王私握臣〔預〕

手，曰『願結友』。以此知之，故欲往。」相如謂臣曰：『夫趙彊[強]而燕弱，而君幸❼[見「文言知識」]於趙王，故燕王欲結於君。今君乃亡趙走燕，燕畏趙，其勢必不敢留君，而束❽君歸趙矣。君不如肉袒❾[坦]伏斧質❿請罪，則幸得脫矣。』臣從其計，大王亦幸赦[瀉]臣。臣竊以為其人勇士，有智謀，宜可使。」於是王召見。

注釋

❶ 遺：派送。

❷ 勿：這裏解作「不」。

❸ 報：回覆。

❹ 宦者令繆賢：宦官頭目繆賢。宦者，宦官。令，頭目。繆，姓氏。

❺ 舍人藺相如：門客藺相如。舍人，親信、門客。藺，姓氏。

❻ 竊：私下。

❼ 幸：寵信、寵幸。

❽ 束：捆綁。

❾ 肉袒：赤裸上身。袒，裸露。

❿ 伏斧質：伏在斧頭和鐵砧板上，意指待罪受罰。「斧」和「質」都是古代刑具。質，通「鑕」，行腰斬刑時所用的鐵砧板。

文言被動句（二）

「被動句」是表示被動者和主動者之間關係的句子。根據句中所用的介詞，文言被動句句式可以分為四種，本課介紹另外兩種：

(一) 使用介詞「見」、「受」。 這種句式的結構如下：

被動者＋見＋動詞

在這種句式裏，「見」可以直接譯作「被」。譬如〈屈原至於江濱〉（見頁 102）裏有這一句：「是以見放」，當中「見」就是「被」，「放」是「放逐」，整個句子就是屈原在跟漁夫解釋自己「被放逐」的原因。

(二) 使用介詞「於」。 這種句式的結構如下：

被動者＋（見／受＋）動詞＋於＋主動者

譬如韓愈〈馬説〉裏有這句：「辱於奴隸人之手」，這句話的被動者是「千里馬」；「辱」是動詞，即「侮辱」；「於」是表示被動的介詞，強調主動者的身份，很明顯，侮辱了千里馬的就是奴隸。

如果把句子逐字對譯，就會得出「侮辱被奴隸的雙手」，不符合白話文的語序，因此語譯時需要調動句中詞語的次序，也就是譯作「（千里馬）被奴隸的雙手侮辱。」

又例如《呂氏春秋・士節》裏有這句：「晏子見疑於齊君」，句中的「晏子」是被動者；「疑」是「懷疑」；「於齊君」即「被齊國君主」，是句子的主動者；「見」同樣是表示被動的介詞，由於與「於」重複，因此語譯時不用寫出，故此這句可以這樣語譯：「晏子被齊國的君主懷疑」。

　　本文節錄自《史記・廉頗藺相如列傳》的開首，故事講述趙王得到了稀世之寶——和氏璧，因而收到秦昭襄王的請求：以十五座城池交換和氏璧。趙王陷於兩難：如果給予，奸詐的秦國很有可能會食言；如果不給，兇殘的秦國更有機會派兵開戰。

　　正當趙王物色出使秦國的使者時，繆賢推舉了自己的親信——藺相如。原來繆賢曾經犯事，想逃亡到燕國，只因燕王曾經跟自己說過「願結友」。藺相如阻止了他，並舉出理由：趙強燕弱，燕王自然會巴結趙王的親信，可是您現在已淪為戴罪之身，燕國不但不敢收留，反而會綁住您歸還趙國。因此藺相如反建議繆賢向趙王自首，或者可以得到趙王原諒。

　　繆賢正是看到藺相如之「勇」和「智謀」，因而將他推薦給趙王；而藺相如也不負眾望，最終「完璧歸趙」。

談美德

感 恩 戴 德

　　春秋時，晉國內亂，獻公被殺，流亡在外的公子姬夷吾打算回國繼位，於是請求秦穆公護送自己回國，並聲稱會把晉國的河西奉獻秦國，作為謝禮。結果，在秦軍的護送下，夷吾順利回國即位，是為晉惠公，卻沒有履行當時對秦穆公的承諾。

　　秦穆公不但沒有懷恨在心，相反更在晉國出現饑荒時，力排眾議，售賣糧食給晉惠公。據《史記・晉世家》記載，秦穆公這樣對大臣說：「其君是惡，其民何罪！」惠公固然是忘恩負義，可是百姓卻是無辜的。不久，晉惠公的「惡」終於招來報應。

　　當時秦國大旱，穆公向惠公求助，卻被拒諸門外。秦穆公忍無可忍，因而出兵伐晉。惠公御駕親征，卻不敵秦軍，最終被俘虜回秦。晉、秦本為世代友好，假如晉惠公懂得感恩圖報、獻上河西之地、在秦國饑荒時伸以援手，那麼他會遭遇被生擒俘虜的下場嗎？

1. 試解釋以下文句中的粗體字，並把答案寫在橫線上。

    (i) **使**人遺趙王書。　　　　　　　　　**使**：＿＿＿＿＿＿

    (ii) 臣舍人藺相如可**使**。　　　　　　　**使**：＿＿＿＿＿＿

    (iii) 臣嘗**從**大王與燕王會境上。　　　　**從**：＿＿＿＿＿＿

    (iv) 臣**從**其計。　　　　　　　　　　　**從**：＿＿＿＿＿＿

2. 試根據文意，把以下文句語譯為語體文。

    君何以知燕王？

    ＿＿＿＿＿＿＿＿＿＿＿＿＿＿＿＿＿＿＿＿＿＿＿＿＿＿＿＿＿

3. 秦王寫信給趙王，目的何在？

    ＿＿＿＿＿＿＿＿＿＿＿＿＿＿＿＿＿＿＿＿＿＿＿＿＿＿＿＿＿

4. 為甚麼趙王遲遲未能決定是否把和氏璧交給秦王？

    (i) ＿＿＿＿＿＿＿＿＿＿＿＿＿＿＿＿＿＿＿＿＿＿＿＿＿＿

    ＿＿＿＿＿＿＿＿＿＿＿＿＿＿＿＿＿＿＿＿＿＿＿＿＿＿＿＿＿

    (ii) ＿＿＿＿＿＿＿＿＿＿＿＿＿＿＿＿＿＿＿＿＿＿＿＿＿＿

    ＿＿＿＿＿＿＿＿＿＿＿＿＿＿＿＿＿＿＿＿＿＿＿＿＿＿＿＿＿

5. 繆賢跟燕王會面時，燕王對繆賢做了甚麼事情？

    ①與他握手示好。　　　　　②表示想與他對飲。

    ③表示想與他結交。　　　　④表示想與他結盟。

    ○ A. ①②　　　　　　　　　○ B. ①③

    ○ C. ②④　　　　　　　　　○ D. ①③④

6. 承上題，根據藺相如的分析，燕王之所以這樣做，是基於甚麼原因？

_____

_____

7. 綜觀全文，下列哪一項**不能**用來形容繆賢？

○ A. 從善如流

○ B. 有恩必報

○ C. 為國分憂

○ D. 臨危不亂

8. 根據文章，為甚麼繆賢説藺相如「有智謀」？

_____

_____

9. 承上題，你認為這兩項特點，怎樣有助藺相如出使秦國？

_____

_____

34

南岐之人

所謂「當局者迷，旁觀者清」，我們對自身的問題往往是不自覺的，因此特別需要旁人來告訴、提點我們。

可是有些人總是把別人的好言相勸當作耳邊風，說自己沒有犯錯或者一向如是，不覺得是問題；有時不想再聽不下去了，更反唇相譏，反過來說別人好管閒事，甚至指責對方的錯誤。以下的南岐之人，就是其中一個例子。

原文 據明‧劉球《兩溪文集‧卷十七》略作改寫

南岐在秦、蜀山谷中，其水甘而不良，凡飲之者輒病癭 **❶**，故其地之民，無一人無癭者。彼既安於常故 **❷**，而莫醜之，亦莫思所以去 **❸** 之。

及見外方人至，則群小子、婦人聚觀而笑之曰：「異哉，爾之頸也！焦 **❹** 而不吾類焉！」外方人曰：「爾之累 **❺** 然凸出於頸者，癭病之也。不求善藥去爾病，反以吾頸為焦耶！」

笑者曰：「吾祖然 **❻** 也，吾父然也，吾家之人然也，吾鄉之人然也。烏用 **❼** 去乎哉？」終莫知其為醜焉。

注釋

❶ 病瘻：患上頸瘤病。瘻，相當於今天的「大頸泡」。

❷ 常故：常態。

❸ 去：除掉。

❹ 焦：這裏指又細又瘦。

❺ 累：接連不斷、數量很多。

❻ 然：這樣。

❼ 用：需要。

文言知識

倒裝句（一）

倒裝句是指句中詞語的原有次序出現對調。倒裝句有多個種類，這一課會講解「謂語前置」和「賓語前置」。

謂語前置，是指謂語會從後面移到主語的前面。〈愚公移山〉有「甚矣，汝之不惠」一句，原本寫作「汝之不惠甚矣」，主語是「汝之不惠」，謂語是「甚矣」，意指「你的愚蠢太嚴重了」（當然可以意譯為「你太不聰明了」）。為了強調嚴重的程度，句子於是把謂語「甚矣」移到「汝之不惠」的前面。

原句： 汝之不惠（主語） 甚矣（謂語） ➡ 倒裝： 甚矣（謂語） 汝之不惠（主語）

賓語前置，是指賓語會從後面移到動詞的前面。譬如〈墨子責耕柱子〉（見本叢書《初階》）有「子將誰毆」這句，本來寫作「子將毆誰」，意指「你將會鞭策哪一種動物？」當中「誰」（哪一種動物）是賓語，位於動詞「毆」（鞭策）的前面。為了強調這個賓語，句子於是把賓語「誰」從動詞「毆」的後面移到前面。

原句： 子將 毆（動） 誰（賓語） ➡ 倒裝： 子將 誰（賓語） 毆（動）

劉球是明英宗時的人，為人直率，曾上奏指出外族瓦剌（讀【辣】）野心勃勃，朝廷應積極應對，卻引來宦官王振不滿。王振於是羅織罪名，逮捕劉球下獄，劉球最終更死於獄中。數年後，瓦剌果然入侵。

劉球冒死進諫，為的是要講出世人不肯相信的事實，這跟他寫的〈南岐之人〉這個寓言故事十分相似。

故事講述南岐的水質不好，當地人喝了後，脖子都長出腫瘤，卻因為已經習以為常，大家都不覺得脖子長瘤會有礙觀瞻。有次，有個外地人前來當地，南岐上上下下竟然反過來取笑他那正常的脖子又細又瘦。這個外地人雖然指出他們生病了，南岐人卻表示他們生生世世都是這樣，他們才是正常。

自以為是的人永遠不覺得自己有問題，反而慣於諉過於人，情況就像王振不覺得自己疏於邊防，反而認為劉球妖言惑眾一樣。

自我反省

袁粲是南北朝時代 劉宋的高官，認為當時世道不古，是非黑白顛倒，於是講述了「狂泉」這一故事：

從前有一個地方，當地有一口泉水，會使喝的人變得瘋瘋癲癲的。所有百姓都喝了這口泉水，結果人人都變成了瘋子，唯獨國君鑿井飲水，因而得以倖免。可是那班瘋人卻從不認為自己發瘋了，都認為自己最正常不過，反而指責正常的國君才是瘋子。國人於是把國君捉住，一方面用盡各種方法來「治療」他，另一方面逼他承認自己不正常。國君支持不住，最終走到狂泉前，喝了一口泉水，把自己也變成瘋子了。

袁粲借這個寓言說明當時他所處身的是一個是非顛倒的世界，做錯的人說自己沒錯，反過來指責做得對的人出錯了，那是非常危險的事，希望世人警惕。

文章理解

1. 試解釋以下文句中的粗體字，並把答案寫在橫線上。

   (i)　凡飲之者**輒**病癭。　　　　　　　　**輒**：＿＿＿＿＿＿＿

   (ii)　**烏**用去乎哉？　　　　　　　　　　**烏**：＿＿＿＿＿＿＿

2. 試根據文意，把以下文句語譯為語體文。

   莫醜之，亦莫思所以去之。

   ＿＿＿＿＿＿＿＿＿＿＿＿＿＿＿＿＿＿＿＿＿＿＿＿＿＿＿＿＿＿＿＿

3. 南岐的水有甚麼特點？

   ＿＿＿＿＿＿＿＿＿＿＿＿＿＿＿＿＿＿＿＿＿＿＿＿＿＿＿＿＿＿＿＿

4. 當看到外地人後，南岐人跟他說了些甚麼？請抄錄原文句子，並略作解釋。

   (i)　原文：＿＿＿＿＿＿＿＿＿＿＿＿＿＿＿＿＿＿＿＿＿＿＿＿＿

   　　解釋：＿＿＿＿＿＿＿＿＿＿＿＿＿＿＿＿＿＿＿＿＿＿＿＿＿

   (ii)　原文：＿＿＿＿＿＿＿＿＿＿＿＿＿＿＿＿＿＿＿＿＿＿＿＿＿

   　　解釋：＿＿＿＿＿＿＿＿＿＿＿＿＿＿＿＿＿＿＿＿＿＿＿＿＿

5. 外地人告誡南岐人應該怎樣做？

   ○ A. 求醫除掉腫瘤。　　　　　○ B. 服藥除掉腫瘤。

   ○ C. 繼續飲用當地的水。　　　○ D. 停止飲用當地的水。

6. 若你也是生活在南岐的人，你認為你能分辨是非嗎？為甚麼？試抒己見。

   ＿＿＿＿＿＿＿＿＿＿＿＿＿＿＿＿＿＿＿＿＿＿＿＿＿＿＿＿＿＿＿＿

   ＿＿＿＿＿＿＿＿＿＿＿＿＿＿＿＿＿＿＿＿＿＿＿＿＿＿＿＿＿＿＿＿

35

臨江之麋（附〈三戒〉序）

老子在《道德經》裏說：「知人者智，自知者明。」能夠了解別人的長短處，是有智慧的表現；能夠了解自己的優缺點，則是賢明的表現。

前面提到，「當局者迷，旁觀者清」，對於自己的優點，我們尚且比較清楚，可是對於自己的缺點，則很少人會了解得到；即使了解得到，也不一定會正視。本課裏的麋鹿就好像這類人，既不知道自己本身是小鹿，更以為家犬野犬都是自己的同類，既不自知，又不知人，被吃掉是早晚的事。

原文 唐・柳宗元〈三戒〉

臨江之人，畋【田】❶得麋麑【眉危】❷，畜【見「文言知識」】之。入門，羣犬垂涎，揚尾皆來。其人怒，怛【daat3】❸之。自是日抱就犬，習❹示之，使勿動，稍使與之戲。積久，犬皆如人意。麋麑稍大，忘己之麋也，以為犬良❺我友，牴觸偃仆【演付】❻，益狎【狹】❼。犬畏主人，與之俯仰❽甚善，然時啖【淡】❾其舌。

三年，麋出門，見外犬❿在道甚眾，走欲與為戲。外犬見而喜且怒，共殺食之，狼藉⓫道上。麋至死不悟。

附〈三戒〉序

吾恆惡【wu3】世之人，不知推己之本⑫，而乘⑬物以逞【請】，或依勢以干⑭其非類，出技以怒強【見「文言知識」】，竊時以肆暴，然卒迨⑮【代】於禍。有客談麋、驢、鼠三物，似其事，作〈三戒〉。

① 畋：打獵。

② 麑麋：小鹿。

③ 怛：嚇退。

④ 習：經常。

⑤ 良：真的。

⑥ 牴觸偃仆：碰撞翻滾。牴觸，事物互相碰撞。偃仆，仰臥和倒下，合起來就是指「翻滾」。

⑦ 狎：不莊重的親近。

⑧ 俯仰：本指低頭和抬頭，這裏指「相處」。

⑨ 啖：舔。

⑩ 外犬：野犬，與家犬相對。

⑪ 狼藉：零散、亂七八糟的樣子。

⑫ 推己之本：認識自己的能力。

⑬ 乘：倚仗。

⑭ 干：冒犯。

⑮ 迨：走向，這裏指「招來」。

詞 性 活 用 （ 二 ）

　　詞性活用，是指部分詞語的詞性，會因應文意臨時被借作另一詞性使用。除了將名詞活用為「狀語」（見頁 081），「詞性活用」所涉及的詞性，還包括動詞、形容詞等等。

【一】名詞、形容詞活用作動詞

　　〈蘇秦約縱〉（見本叢書《初階》）有「自刺其股」一句。「自」解作「親自」，是副詞，換言之，緊隨其後的應該是一個動作。「刺」本是帶有細刺的兵器，是名詞，可是如果把句子解作「親自兵器」，是解不通的。原來「刺」在這裏是根據兵器的功用——刺入敵人體內，從名詞臨時變為動詞，解作「刺入」。因此「自刺其股」應該譯作「親自刺入自己的大腿」。

　　《孟子‧盡心上》有「登泰山而小天下」這一句，句中的「小」字本是形容詞，其中一個解釋是「地位低下」，這裏被借用為動詞，意指「輕視」。「小天下」就是「輕視天下」。

【二】形容詞、動詞活用作名詞

　　韓愈在文章〈師説〉裏説：「聖益聖，愚益愚。」句子的第二個「聖」和「愚」都是形容詞，解作「聖賢」、「愚昧」，而第一個「聖」和「愚」字，則被臨時借用為名詞，表示具備這種特質的人，也就是「聖人」、「愚人」。

　　又例如「路不拾遺」是我們耳熟能詳的成語，當中「遺」本來是動詞，解作「遺留」、「遺漏」，在這裏則臨時活用作名詞，解作「遺留（在路上）的物品」。

導讀

　　〈臨江之麋〉是〈三戒〉的第一篇，另外兩篇是〈黔之驢〉和〈永某氏之鼠〉，其創作背景可以參考〈黔之驢〉這一課（見頁 082）。

　　〈臨江之麋〉講述臨江有個人把一隻小鹿帶回家飼養，然而家犬卻對小鹿虎視眈眈，只是在主人的恫嚇下，才不敢走近小鹿。時日久了，小鹿逐漸和家犬混熟，甚至覺得家犬就是自己的同伴。三年後，小鹿獨自出門，在路上遇上一羣野犬，由於一直有主人的保護，小鹿不知世途險惡，以為野犬也是自己的朋友，上前想跟野犬玩耍，卻最終激怒野犬，命喪野犬口中。

　　文中的小鹿正切合了〈三戒〉序言中所說，不但「不知推己之本」，反而「乘物以逞」、「干其非類」——倚仗主人的撐腰而招惹路上的野狗。現實中也偏偏有這種人存在，最終自招惡果，甚至像小鹿那樣「至死不悟」。

談美德

自 知 之 明

　　根據《莊子・人間世》所載，春秋時魯國有個賢人名叫顏闔（讀【合】），被衛靈公邀請當太子的老師。顏闔聽說衛國太子兇殘成性，因此到了衛國後，就先拜訪衛國賢者蘧（讀【渠】）伯玉，請教他怎樣教好太子。

　　蘧伯玉回答說：「你想用你的方法來教好太子，似乎很難做到。」接着，蘧伯玉以螳螂為比喻：「汝不知夫螳蜋乎？怒其臂以當車轍，不知其不勝任也。」蘧伯玉說，螳螂鼓起雙臂來想阻擋前進的車輪子，卻不知道單憑自己的力量是做不到的。他勸告顏闔不要像螳臂擋車一樣，用自己的方法來教導太子，應該小心戒備，否則下場將會很悲慘。

　　人貴自知，明知道自己能力不逮，卻屢屢逞強，最終只會招來惡果。

1. 試解釋以下文句中的粗體字，並把答案寫在橫線上。

    (i)　犬皆**如**人意。　　　　　　　　　　如：＿＿＿＿＿＿＿

    (ii)　牴觸偃仆，**益**狎。　　　　　　　　益：＿＿＿＿＿＿＿

    (iii)　**竊**時以肆暴。　　　　　　　　　　竊：＿＿＿＿＿＿＿

2. 試根據文意，把以下文句語譯為語體文。

    出技以怒強。

    ＿＿＿＿＿＿＿＿＿＿＿＿＿＿＿＿＿＿＿＿＿＿＿＿＿＿＿＿＿＿

3. 臨江之人是怎樣發現小鹿的？後來又怎樣處置牠？

    ＿＿＿＿＿＿＿＿＿＿＿＿＿＿＿＿＿＿＿＿＿＿＿＿＿＿＿＿＿＿

    ＿＿＿＿＿＿＿＿＿＿＿＿＿＿＿＿＿＿＿＿＿＿＿＿＿＿＿＿＿＿

4. 獵人用甚麼方法來保護小鹿？請填寫下列表格。

	主人保護小鹿的方法
起初	i.
後來	ii.
漸漸	iii.

5. 作者為何要用「狎」字來描述小鹿和家犬的關係？試抒己見。

    ＿＿＿＿＿＿＿＿＿＿＿＿＿＿＿＿＿＿＿＿＿＿＿＿＿＿＿＿＿＿

    ＿＿＿＿＿＿＿＿＿＿＿＿＿＿＿＿＿＿＿＿＿＿＿＿＿＿＿＿＿＿

6. 根據〈臨江之麋〉的結局,回答以下問題。

    (i)   為甚麼小鹿會去跟野犬玩耍?

        ◯ A. 因為小鹿想挑戰野犬。

        ◯ B. 因為野犬邀請小鹿一起玩。

        ◯ C. 因為小鹿以為自己跟野犬同種。

        ◯ D. 因為小鹿知道主人會保護自己。

    (ii) 你認為小鹿之死,是主人的責任,還是小鹿自己的責任?試抒己見。

7. 下列哪一項並不是柳宗元藉創作〈三戒〉來諷刺的對象?

    ◯ A. 仗勢欺人者。   ◯ B. 喜歡逞強者。

    ◯ C. 殘暴不仁者。   ◯ D. 不自量力者。

8. 柳宗元在〈三戒〉序中提到「出技以怒強」,試以〈臨江之麋〉中的小鹿或〈黔之驢〉中的驢子為例,説明這句話的意思。

第8章

陶母責子

陶公……嘗遣使餉母以坩鮓。其母
疑極，問曰：「此物何來？」

使者曰：「官府所予。」

母封鮓付使。

反書責侃曰：「以官物見餉，非唯不
益，乃增吾憂也。」

公義

真正的公平，不是每一個人都同樣賺一百元，

而是不同的人能夠以自己的能力賺取應得的錢。

能賺二十元的，就該賺二十元；

能賺一百元的，就該賺一百元；

能賺二百元的，就該賺二百元。

醃魚是官府給陶侃的，

身為陶侃的母親，尚且不肯貿然接受。

做官的，能夠做到安守本分，不貪多務得，

就是秉持公義之始。

本書最後五個故事：

〈賄賂失人心〉、〈陶母責子〉、〈擊鼓戲諸侯〉、

〈龐蔥與太子質於邯鄲〉和〈寡人之於國也〉（下），

將從廉潔不貪、公私分明、明辨是非、體察民情等方面出發，

說明怎樣才能做到秉持公義。

36

賄賂失人心

很多人都說：「錢不是萬能，可是沒有錢，就萬萬都不能。」事實是否真的這樣？就像本課中的管家，既想工匠盡快修補屋頂，又不想發放糧食，還想向工匠收取賄賂，天下哪有如此便宜之事？結果工匠紛紛推辭不幹。自己搞出了「大頭佛」，才想花錢來收買人心，到底是難掩悠悠眾口的。

原文 據明・劉基《郁離子・卷上》略作改寫

北郭氏者，國❶中之富者也。室壞不修且壓，乃召役人謀之。

役人請粟，蒞事者❷曰：「汝姑自食。」役人告饑，蒞事者弗白❸而求賄，弗與，卒不白。於是眾工皆憝恚❹，執斧鑿而坐。會天大雨霖，步廊之柱折，兩廡既圮❺，次及於其堂，乃用其人之言，出粟具饔❻餼❼以集工曰：「惟所欲而與，弗靳❽。」

役人至，視其室不可支，則皆辭。其一曰：「向者吾饑，請粟而弗得，今吾飽矣。」其二曰：「子之饔餲❾矣，弗可食矣。」其三曰：「子之室腐矣，吾無所用其力矣。」則相率而逝，室遂不葺以圮。

郁離子曰：「北郭氏之先，以信義得人力，致富甲天下，至其後世，一室不保，何者？賄賂公行，以失人心也！」

注釋

① 國：都城。

② 涖事者：管家，處理家中事務的人。

③ 白：稟告。

④ 恚：怨恨。

⑤ 兩廡既圮：廡，廳堂兩旁的房間。圮，倒塌。

⑥ 饔：熟食。

⑦ 餉：贈送。

⑧ 靳：吝嗇。

⑨ 餲：變味。

文言知識

虛詞「者」

「者」最常見的用法，就是結合前面的形容詞，解作「……的人／事／物」。譬如本課開首的「富者」就是指「富有的人家」。

「者」也常見於「……者，……也」的肯定句句式。前句的「者」，表明前文的事物是句子主語，沒有實際意思，不用語譯；而後句則是對主語的描述。譬如文章第一句「北郭氏者」的「者」說明了「北郭氏」是句子的主語，後句「國中之富者」則是描述其身份。

「者」也可用作結構助詞，多見於「今」、「古」、「昔」、「向」等時間名詞之後，使句子稍為停頓，無需語譯。譬如〈鷸蚌相爭〉（見本叢書《初階》）有「今者」一句，解作「今天」，當中「者」沒有實際意思，不用語譯。

「者」也可以用作語氣助詞，用在「何」（解作「甚麼」、「為何」）等疑問代詞之後，表示疑問的語氣，相當於「呢」。

劉基，字伯溫，精通經史、天文、兵法，深得朱元璋賞識，作為軍師協助他完成帝業，朱元璋經常把他比作漢高祖劉邦的軍師張良。

《郁離子》通過百多個歷史及寓言故事，提醒治國者必須留意的地方。書中的郁離子，就是劉基的化身。〈賄賂失人心〉記述城中富豪北郭氏的屋子日久失修，主人因而聘請工匠修葺，管家卻不肯發放糧食，更向工匠索取賄賂，導致工匠齊齊罷工。即使管家後來首肯發放糧食，糧食卻已腐爛發臭，因而失去人心。後來工匠視察屋子，發現屋子原來已損壞不堪，無法修葺，索性推辭不幹，屋子也最終倒塌了。

劉基用這個故事來比喻時局：當時的元朝就像北郭氏的屋子那樣破敗不堪，官員則好比文中的管家，不但不肯為民請命，反而不斷欺壓百姓，導致百姓反抗，國家最終走向滅亡也就順理成章了。

廉潔

春秋時代，宋國有個人得到了一塊漂亮的玉石，於是將它進獻給正卿（即宰相）子罕，子罕卻不肯接受。

這個人起初還以為所獻上的玉石不夠瑰麗，於是這樣說：「我已經把這塊玉石展示給玉石工匠看，玉石工匠認為這是寶物，我才膽敢呈獻給您。希望正卿笑納！」

原來子罕所顧慮的，不是玉石的品質，而是一個人廉潔的品德。子罕說：「我把不貪圖財物的品德視為寶物，你把玉石視為寶物。如果你把這塊玉石送給我，而我貪圖利益收受了這塊玉石，那麼我們都喪失了心中的寶物，不如就讓我們各自保存自己的寶物吧。」

誠然，無功不受祿，高官如子罕者，莫說是一塊玉石，即使只是一頓飯菜，也是不可以輕易接受的。

文章理解

1. 試解釋以下文句中的粗體字，並把答案寫在橫線上。

   (i) 室壞不修且**壓**。 　　　　　　　　壓：＿＿＿＿＿＿

   (ii) 於是眾工皆**憊**恚。 　　　　　　　　憊：＿＿＿＿＿＿

   (iii) 乃**用**其人之言。 　　　　　　　　用：＿＿＿＿＿＿

   (iv) **何**者？ 　　　　　　　　　　　　何：＿＿＿＿＿＿

2. 試根據文意，把以下文句語譯為語體文。

   向者吾饑，請粟而弗得，今吾飽矣。

   ＿＿＿＿＿＿＿＿＿＿＿＿＿＿＿＿＿＿＿＿＿＿＿＿＿＿＿＿＿＿

3. 以下哪一項有關文章內容的描述是正確的？

   ○ A. 管家收取了工匠們的賄賂。

   ○ B. 北郭氏的屋子出現輕微損壞。

   ○ C. 工匠最終得到北郭氏新鮮的糧食。

   ○ D. 北郭氏一度是城中首屈一指的富豪。

4. 綜合文章內容，工匠們為甚麼不肯修葺北郭氏的屋子？

   (i) ＿＿＿＿＿＿＿＿＿＿＿＿＿＿＿＿＿＿＿＿＿＿＿＿＿＿＿

   (ii) ＿＿＿＿＿＿＿＿＿＿＿＿＿＿＿＿＿＿＿＿＿＿＿＿＿＿＿

   (iii) ＿＿＿＿＿＿＿＿＿＿＿＿＿＿＿＿＿＿＿＿＿＿＿＿＿＿＿

5. 你同意郁離子所說「賄賂公行，以失人心」的評價嗎？試結合文章內容抒發己見。

   ＿＿＿＿＿＿＿＿＿＿＿＿＿＿＿＿＿＿＿＿＿＿＿＿＿＿＿＿＿＿

   ＿＿＿＿＿＿＿＿＿＿＿＿＿＿＿＿＿＿＿＿＿＿＿＿＿＿＿＿＿＿

37

陶母責子

據《後漢書》所載，羊續為人清廉，任職廬江太守期間，從不受賄或以權謀私，他的下屬焦儉為人也很正派。有一天，焦儉見羊續的生活實在太清苦，於是給他送了一條生猛的鯉魚。

雖說無功不受祿，但這的確是下屬的一番好意，羊續左右為難，無奈之下只好暫且收下。可是等焦儉一離開，羊續就命人把魚掛在屋簷下，再也不去碰它。後來焦儉又再送鯉魚給羊續，羊續照樣把鯉魚掛在屋簷下。自此，焦儉、其他下屬和百姓，都不敢送禮予羊續了，羊續也因而獲得「懸魚太守」的清譽。

別人送的禮物，固然不能貿然接受；可是即使是官府所給予的物品，也不能隨便送人，畢竟貪污受賄是從貪小便宜開始的。

原文 據南北朝・宋・劉義慶《世說新語・賢媛》略作改寫

陶公少時，作魚梁❶吏，嘗遣使**餉母以坩鮓**❷【享】【堪炸】。其母**疑極**，問曰：「此物何來？」使者曰：「官府所予。」母封鮓付使，反書責**侃**【罕】曰：「汝為吏，以官物見❹餉，非唯不益，乃增吾憂也。」

注釋

❶ 魚梁：一種在水道設置的障孔裝置，以便捕魚，這裏指代漁業。

❷ 坩鮭：用陶罐盛載的醃魚。坩，陶罐。鮭，通「鮓」，醃魚。

❸ 見：助詞，用於動詞前面，表示被動。此處「見餉」就是「餉我」。

文言知識

<h1 style="text-align:center">倒裝句（二）</h1>

今課講解「介賓後置」和「狀語後置」兩種倒裝句。

狀語位於動詞、形容詞的前面，專門形容程度或修飾動作的情態。但在倒裝句裏，狀語會移到動詞、形容詞的後面。

〈齊桓公好服紫〉（見本叢書《初階》）有「紫貴甚」這句，本來寫作「紫甚貴」，意指「紫色的絲綢十分昂貴」。當中「甚」是狀語，用來修飾後面的形容詞「貴」，表示昂貴的程度。為了強調這程度，句子於是把狀語「甚」從形容詞「貴」的前面移到後面。

原句：	紫	甚	貴	⇒	倒裝：	紫	貴	甚
		狀語	形				形	狀語

至於「介賓後置」，則是指介詞與賓語，同時從動詞或形容詞的前面移到後面。〈寡人之於國也〉（下）（見頁 186）有「申之以孝悌之義」這句，本來寫作「以孝悌之義申之」，意指「把孝順父母和敬愛兄長的道理反覆告訴百姓」。當中「以」是表示對象的介詞，相當於「把」，「孝悌之義」是賓語。為了強調「孝悌之義」這賓語，句子於是把「以孝悌之義」從動詞「申」的前面移到後面。

原句：	以孝悌之義	申	之	⇒	倒裝：	申	之	以孝悌之義
	介賓	動	代			動	代	介賓

自從西漢末劉向編寫了《列女傳》後，後世有不少人都模仿這種做法，在著作中另闢章節，專門記載才德女子的言行：《後漢書》有〈列女傳〉，《世說新語》則有〈賢媛〉。

「賢媛」就是賢德婦女，〈賢媛〉記述了漢元帝的宮人班婕妤、阮共的女兒等人的言行，當中還包括陶侃的母親湛氏。

陶侃是東晉的大將軍，年少時曾經擔任漁業部門小官。有一次，他把一罐醃魚託使者送給母親。在使者和盤托出下，陶母知道那罐醃魚本是官家給予陶侃的，雖然出於孝義，可是陶侃把官家物品轉贈出去，或會予人公私不分的口實，陶母於是斷言拒絕，並且寫信給陶侃，責備他這樣做只會讓母親徒添憂慮。

從今天的角度來看，陶母的言行也許是過慮了，可是她那份公私分明的精神，卻是值得我們學習的。

知足

「廉潔」和「知足」好像兩個毫無關係的詞語，可是事實上，如果知足，就不會有貪婪之心，自然能保持廉潔的美德。

記得以前還是在出版社當編輯時，總會發現公司的文具，每隔一段時間就會少了一點，可是同事桌面上卻沒有擺放公司文具。在明察暗訪後，才得知有同事貪小便宜，私自把文具帶回家。公司為此發出警告信，有同事認為這樣太小題大做，也顯得公司很吝嗇。

為了員工工作需要，公司固然要提供文具，員工也可以隨意使用，可是一旦帶回家據為己有的話，這就是公器私用了。所謂「小時偷針，大時偷金」，今天貪了文具，難保以後不會貪公司的錢？人貴乎知足，一旦人心不足蛇吞象，那麼連半隻象也未曾吞下時，你早已經因大象過大而卡喉致死了。

文章理解

1. 試解釋以下文句中的粗體字，並把答案寫在橫線上。

(i) **作**魚梁吏。　　　　　　　　　作：＿＿＿＿＿＿

(ii) **反**書責侃曰。　　　　　　　　反：＿＿＿＿＿＿

2. 試根據文意，把以下文句語譯為語體文。

嘗遣使餉母以坩鮓。

＿＿＿＿＿＿＿＿＿＿＿＿＿＿＿＿＿＿＿＿＿＿＿＿

3. 根據文章內容，判斷以下陳述。

	正確	錯誤	無從判斷
(i) 陶侃是漁業部門的首長。	○	○	○
(ii) 醃魚是官府給陶侃的獎勵。	○	○	○

4. 陶母收到醃魚後，有甚麼反應和舉動？

(i) ＿＿＿＿＿＿＿＿＿＿＿＿＿＿＿＿＿＿＿＿＿＿＿

(ii) ＿＿＿＿＿＿＿＿＿＿＿＿＿＿＿＿＿＿＿＿＿＿＿

(iii) ＿＿＿＿＿＿＿＿＿＿＿＿＿＿＿＿＿＿＿＿＿＿

5. 陶母跟陶侃說：「非唯不益，乃增吾憂也。」為甚麼她要這樣說？

＿＿＿＿＿＿＿＿＿＿＿＿＿＿＿＿＿＿＿＿＿＿＿＿

＿＿＿＿＿＿＿＿＿＿＿＿＿＿＿＿＿＿＿＿＿＿＿＿

6. 在公在私，你對陶侃有甚麼評價？試抒己見。

(i) 公：＿＿＿＿＿＿＿＿＿＿＿＿＿＿＿＿＿＿＿＿

(ii) 私：＿＿＿＿＿＿＿＿＿＿＿＿＿＿＿＿＿＿＿＿

38

擊鼓戲諸侯

　　周武王死後，年幼的周成王繼位。周成王有一位弟弟，叫做叔虞。有一天，兩個小孩子在後花園嬉戲，成王把一片桐樹葉削成尖尖的玉圭狀送給叔虞，然後說：「我把它分封給你。」叔虞非常開心，於是告訴周公旦。周公旦因而問成王是否真有其事，成王回答說：「我只是和他開玩笑而已。」周公旦說：「天子無戲言。只要天子說了，史官就會如實記下來，大王也要按禮節完成它。」成王最終把唐這個地方封給叔虞。

　　這個「桐葉封弟」的故事跟本課課文一樣，同樣出自《呂氏春秋》，不過見於〈重言〉篇。重言，就是指「慎重說話」。天子是一國之君，君無戲言，把命令當作玩笑，還會有人聽從嗎？

原文　戰國・秦・呂不韋《呂氏春秋・慎行論・疑似》

　　周宅酆【豐】❶、鎬【浩】❷，近戎【容】❸人，與諸侯約，為【圍】❹高葆於王路❺，置鼓其上，遠近相聞。即❻戎寇【扣】至，傳鼓相告，諸侯之兵皆至救天子。

　　戎寇當❼至，幽王擊鼓，諸侯之兵皆至，褒姒【覷似】大說【見「文言知識」】，喜之。幽王欲褒姒之笑也，因數【索】擊鼓，諸侯之兵數至而亡【見「文言知識」】寇。後戎寇真至，幽王擊鼓，諸侯兵不至。幽王之身❽，乃死於麗【離】山❾之下，為天下笑。

注釋

❶ 酆：周文王時周國的都城。

❷ 鎬：即鎬京，周武王建立周朝時的首都。

❸ 戎：專指西面的外族，後亦泛指外族。

❹ 為：修築。

❺ 王路：通往周天子王宮的大道。

❻ 即：假如。

❼ 當：快要。

❽ 身：自身。

❾ 麗山：即驪山，在當時鎬京的附近。

文言知識

「通假字」和「古今字」

通假，是指在特定情況下，基於讀音相同或相近，乙字被借用作原來的甲字，互相通用。原來的甲字叫「本字」，借來的乙字是「通假字」，彼此在意義上毫無關聯。例如：

課文開首「為高葆」中的「葆」從「艸」部，本來指草木茂盛，由於讀音相同，因而與「堡」相通，解作「堡壘」，兩個字在意義上是毫無關聯的。「堡」在這裏是本字，「葆」則是通假字。

又例如，《論語・學而》開首有「不亦說乎」，解作「不也是讓人開心嗎？」當中「說」與「悅」相通，這是由於兩者字形相近（都擁有「兌」這部件），讀音也相近（「說」讀【syut3】，「悅」讀【jyut6】）。

至於古今字，則是指某個字（古字）使用了一段時間後，人們另創新字（今字）來取代它，古字和今字在指定字義上是通用的。例如〈梁上君子〉（見頁134）中的「梁」既可以用作姓氏、地名，也可以解作橋樑、橫樑。後來為了易於辨別，人們於是另創「樑」字，專指橋樑、橫樑等人工建築。因此在這個字義上，「梁」是古字，「樑」是今字。

本文出自《呂氏春秋》的〈慎行論〉。顧名思義，〈慎行論〉就是通過歷史故事告誡讀者要謹言慎行，否則會招致大禍。就像周幽王為博褒姒一笑，因而敲擊戰鼓，虛報有外族入侵，諸侯馬上救駕，卻結果撲了個空。「狼來了」說得多，大家自然不信牧童；同樣，周幽王多次虛報，結果到敵人真的入侵時，諸侯自然也不再前來救駕，西周最終亡於周幽王的手上。

在《呂氏春秋》裏，周幽王以擊鼓通知諸侯；在《史記》裏，周幽王卻是用點起烽火的方式，版本上相差甚大。近年甚至興起一種說法：根據清華大學所藏的戰國時代竹簡，學者發現當中並沒有記載「烽火戲諸侯」之類的故事，因而斷定「烽火戲諸侯」或「擊鼓戲諸侯」實屬子虛烏有。雖然這個結論還存有爭議，不過「君無戲言」的治國之道，卻是放諸四海皆準的。

君無戲言

據《史記·齊太公世家》記載，齊襄公曾派遣大夫連稱和管至父到葵丘戍守，並答應他們「瓜時而往，及瓜而代」——到第二年瓜熟時就派其他人代替他們。

怎料到第二年瓜熟了，還是沒有人前來葵丘。原來曾經有人跟襄公提過，要調動連稱與管至父回來，可是襄公屢屢不肯。連稱和管至父自然大感不滿，因而與襄公的堂弟公孫無知密謀推翻襄公。不久，襄公冬獵時受傷，連稱、管至父因而乘機帶兵殺入宮中，最終殺死襄公，並立公孫無知為新君。

成語「瓜熟而代」就是從這段歷史演變而來的，意指君主要言出必行，不能戲言。其實不只是國君對臣子，即使是家長對子女、老師對學生、老闆對員工，以至是每一個人，都應該信守承諾。所謂「人言為信」，不講信用的人，還能夠稱得上是「人」嗎？

文章理解

1. 試解釋以下文句中的粗體字，並把答案寫在橫線上。

   (i) 周**宅**酆、鎬。　　　　　　　**宅**：_____

   (ii) 即戎**寇**至。　　　　　　　　**寇**：_____

2. 試根據文意，把以下文句語譯為語體文。

   諸侯之兵數至而亡寇。

   _____

3. 周幽王修築高堡和設置戰鼓的目的是甚麼？

   _____

   _____

4. 文中「喜之」指甚麼事情？

   _____

   _____

5. 下列哪一項不是周幽王的結局？

   ○ A. 在驪山山腳身亡。　　　○ B. 得不到諸侯的信任。

   ○ C. 得不到褒姒的幫忙。　　○ D. 成為眾人恥笑的對象。

6. 孔子説：「人而無信，不知其可也。」誠信是做人做事的根本，試以本文為例，説明誠信的重要性。

   _____

   _____

39

龐蔥與太子質於邯鄲

為君不能戲言，更不能聽信讒言。歷史上，多少君王因為誤信讒言，輕則影響施政，重則導致亡國！吳王 夫差誤信太宰嚭（讀【鄙】）讒言，逼令伍子胥（讀【須】）自殺；秦二世聽信趙高讒言處決蒙恬和李斯，埋下亡國的伏線；蜀漢 後主偏信黃皓讒言，因而對諸葛亮處處掣肘，結果使北伐大業功敗垂成；唐玄宗誤信安祿山，結果引致安史之亂，大唐國勢由盛轉衰……

本課的魏王就是梁惠王，既好戰殘忍，又不肯聽取孟子的諫言施行仁政，更誤信身邊小人的讒言，疏遠大將龐蔥，結果把祖父魏文侯辛苦積存起來的國力逐漸敗去……

原文 據西漢 · 劉向《戰國策 · 魏策》略作改寫

龐蔥與太子質[至]①於邯鄲[寒丹]②，謂魏王曰：「今一人言市有虎，王信之乎？」王曰：「否。」「二人言市有虎，王信之乎？」王曰：「寡人疑之矣。」「三人言市有虎，王信之乎？」王曰：「寡人信之矣。」

龐蔥曰：「夫[符]市之無虎明矣！然而三人言而成虎。今邯鄲去大梁③也遠於市，而議④臣者過於三人矣。願[願]⑤王察之矣[見「文言知識」]。」王曰：「寡人自為知。」

於是辭行，而讒言先至。後太子罷[罷]⑥質，果不得見。

注釋

❶ 質：做人質。

❷ 邯鄲：趙國首都。

❸ 大梁：魏國首都。

❹ 議：這裏指誹謗、詆毀。

❺ 愿：通「願」，希望。

❻ 罷：做完。

文言知識

語 氣 助 詞（二）

這課講解表達祈使和限制的語氣助詞，以及「發語詞」。

【一】表達祈使語氣，一般見於表示勸告或勸阻的祈使句。例子有：乎、也、矣、猷（讀【如】）、與（讀【如】），意思相當於「吧」、「了」、「啊」，有時甚至不用語譯。例如本課末尾：

原文：願 王　　察 之　　矣。

譯文：希望大王仔細觀察這些讒言吧。

【二】表達限制語氣，帶有「只有」、「只是」的意思，例子有：耳、爾，意思相當於「而已」，「罷了」。例如：

原文：技 止 此 耳 。（〈黔之驢〉）

譯文：本領只有這些罷了。

【三】發語詞，是指用於句子開首的語氣助詞，帶有説明事實、發表議論、解釋原因的語氣。例子有：夫（讀【符】，語譯時可以刪除不理）、若夫（可譯作「至於」）、蓋（可譯作「原來」）。例如：

原文：夫大國　難　測　也。（〈曹劌論戰〉）

譯文：　大國是難以預測的。

　　　　【夫：帶説明語氣】

原文：蓋　　鵲 招 鸛 搏 蛇　相救　也。（〈鵲招鸛救友〉）

譯文：原來那幾隻喜鵲找來鸛鳥擊退紅蛇，來救同伴　。

　　　　【蓋：帶解釋語氣】

魏惠王（即梁惠王）的嫡長子太子申死後，由其弟赫繼任太子。他被押送到趙國首都邯鄲當「質子」（相當於人質）。臨行前，大臣龐葱問了惠王一道問題：「如果有一個人說市集上有老虎，大王會相信嗎？」

魏王起初表示不相信，可是當龐葱提到有兩個人、三個人都這樣說後，魏王開始動搖，最後更「轉軚」，相信市集有老虎。龐葱其後告訴魏王，朝廷上將會有大臣毀謗自己，大王起初可能不信，可是聽多了，自然會深信不疑，因此希望魏王不要誤信讒言。

一聽到人家說道理，魏王就開始感到不耐煩，因而以「寡人自有分數」來回應。結果，不出龐葱所料，他剛離開魏國不久，就不斷有關於自己的讒言傳到魏王耳邊，而愚昧無知的魏王竟然亦照單全收，在龐葱回國後便沒有再接見他了。

辨別真偽

大家都知道，曾子（曾參）既是孝子，也是慈父，做事謹慎，絕不會行差踏錯。有次，曾參在魯國的費（讀【臂】）邑居住期間，有一個和他同名的人殺了人。

不久就有人跑去跟曾參的母親說：「曾參殺人了！」深知曾參品性的母親聽到，卻是一邊如常織布，一邊說：「我兒子不會殺人！」過了不久，又有人前來說：「曾參殺人了！」曾參的母親還是泰然自若地繼續織布。過了一會，又有人跑來說：「曾參殺人了！」這次曾參的母親終於害怕起來，丟下手上的工作，爬過圍牆逃走了。

像曾參如此賢良的人，當然不會殺人，可是只要多幾個人來說他殺了人，那麼就連最清楚他的母親都會相信，足見流言之可畏。因此，我們要學懂辨別真偽，不要輕信謠言。

文章理解

1. 試解釋以下文句中的粗體字,並把答案寫在橫線上。

   (i) 今邯鄲**去**大梁也遠於市。　　　　　去:＿＿＿＿＿＿

   (ii) **果**不得見。　　　　　　　　　　果:＿＿＿＿＿＿

2. 試根據文意,把以下文句語譯為語體文。

   夫市之無虎明矣!　　＿＿＿＿＿＿＿＿＿＿＿

3. 對於龐葱的提問,魏王有甚麼回應?請填寫下列表格。

龐葱提問	魏王回應
i. 有一個人説＿＿＿＿＿	ii. ＿＿＿＿＿＿＿＿＿
iii. ＿＿＿＿＿＿＿＿＿	開始懷疑這件事
iv. ＿＿＿＿＿＿＿＿＿	v. ＿＿＿＿＿＿＿＿＿

4. 為甚麼龐葱會提到「今邯鄲去大梁也遠於市」這句話?請根據文章內容加以説明。

   ＿＿＿＿＿＿＿＿＿＿＿＿＿＿＿＿＿＿＿＿＿＿＿

   ＿＿＿＿＿＿＿＿＿＿＿＿＿＿＿＿＿＿＿＿＿＿＿

   ＿＿＿＿＿＿＿＿＿＿＿＿＿＿＿＿＿＿＿＿＿＿＿

5. 本文後來衍生出哪一個成語?

6. 為甚麼説魏王是一個愚昧無知的人?

   ＿＿＿＿＿＿＿＿＿＿＿＿＿＿＿＿＿＿＿＿＿＿＿

   ＿＿＿＿＿＿＿＿＿＿＿＿＿＿＿＿＿＿＿＿＿＿＿

40

寡人之於國也（下）

　　君王若不戲言，那麼政令就能順利推行；君王若不信讒言，那麼忠良就不會被陷害；君王若能體察民情，就能夠知道百姓生活的實際情況，繼而制定對百姓有利的政策，造福百姓，而不至於被人戲謔為「堅離地」。

　　前文提到，梁惠王既喜歡打仗，又經常聽信讒言，而且自以為是，認為自己照顧饑民的做法非常用心，是「堅離地」中的極品，孟子因而向他提出一系列有助「王天下」的政策。

原文 《孟子‧梁惠王上》

　　曰：「王如知此，則無望民之多於鄰國也。不違農時❶，穀不可勝食也；數罟不入洿池❷，魚鼈不可勝食也；斧斤以時入山林❸，材木不可勝用也。穀與魚鼈不可勝食，材木不可勝用，是使民養生喪死無憾也。養生喪死無憾，王道❹之始也。

　　五畝之宅，樹之以桑，五十者可以衣帛❺矣；雞豚狗彘之畜，無失其時❻，七十者可以食肉矣；百畝之田，勿奪其時，數口之家可以無飢矣；謹庠序❼之教，申❽之以孝悌❾之義，頒白❿者不負戴⓫於道路矣。七十者衣帛食肉，黎民不飢不寒，然而不王者，未之有也。

　　狗彘食人食而不知檢[12]，塗有餓莩[13][piu5] 而不知發；人死，則曰：

『非我也，歲[14]也。』是何異於刺人而殺之，曰『非我也，兵也』？

王無罪歲，斯天下之民至[15]焉。」

❶ 不違農時：不耽誤農耕的季節，這裏指不要在農民耕作的季節勞役他們
　做其他事情。

❷ 數罟不入洿池：細密的漁網不投進池塘裏。數，細密。罟，漁網。洿，
　池塘。

❸ 斧斤以時入山林：按照一定時節走進山中樹林伐木。斧斤，斧頭，這裏
　代指伐木。

❹ 王道：以仁愛之心來推行政策。

❺ 帛：絲織品。

❻ 時：這裏指牲畜的繁殖時節。

❼ 庠序：學校。

❽ 申：反覆告訴。

❾ 悌：敬愛兄長。

❿ 頒白：頭髮花白。頒，通「斑」，斑白。

⓫ 負戴：這裏指背脊負着或頭部頂着重物。

⓬ 檢：制止、約束。

⓭ 莩：通「殍」，餓死的人。

⓮ 歲：這裏指收成。

⓯ 至：這裏指人心歸順。

多音字

多音字，是指有着不同讀音的字：不同的讀音，有着不同的詞性和詞義。

譬如「勝」就是多音字。讀【姓】時，解作「勝利」。譬如〈田忌賽馬〉（見頁 090）有「臣能令君勝」這一句，就是説「我能夠令您獲勝」。

然而本課開首連續用了多個「勝」字，都不是讀【姓】，而是讀【星】；讀【星】時，不是解作「勝利」，而是解作「盡」。「不違農時，穀不可勝食也」，意思是只要不耽誤農耕的季節，百姓就可以準時耕作，農作物自然長種長有，那麼糧食也就吃之不盡了。

讀【星】時，「勝」也可以解作「抵受」。譬如〈黔之驢〉（見頁 080）有這句：「驢不勝怒」，是説驢子受不住因老虎挑釁而感到的憤怒。

又例如「喪」，它有兩個讀音。讀【song3】時是動詞，解作「喪失」。譬如〈多歧亡羊〉（見頁 056）末句説「學者以多方喪生」，是指讀書人因為要學的道理太多，不能專心一致，因而喪失了求知問道的本性。

讀【桑】時，「喪」則是名詞，解作「喪事」，也可以活用作動詞，意指「辦理喪事」或「安葬」。司馬遷《史記·滑稽列傳》有這句：「使羣臣喪之」，當中「喪」即讀【桑】，本指「喪事」，這裏當動詞使用，意指命令一眾大臣為馬匹辦理喪事。

導讀

　　本課是〈寡人之於國也〉（上）的續篇，上回提到梁惠王自以為是一位為百姓盡心的君主，卻被孟子以「五十步笑百步」的寓言戳破——其實他跟其他國家的君主根本沒有分別。

　　本課分為三段，孟子在首兩段將「王道」分為兩個階段，向梁惠王建議相應的政策。第一階段的目標是「王道（推行仁政）之始」，政策包括：不耽誤農耕時節、不用細密的漁網捕魚、按時到山林伐木，這樣百姓生養死葬的基本要求就能夠達到；第二階段同時是最終的目標，就是「王天下」，政策包括：種植桑樹、把握耕作和牲畜繁殖的時節、謹慎辦好教育，這樣百姓都可以衣帛食肉，不用捱飢抵冷。到時候即使不打仗，也可以做到一統天下。

　　在末段，孟子回應梁惠王「移其民於河東，移其粟於河內」的做法，認為這只是將百姓的死歸咎於災荒，實際上最需要負責的人應該是梁惠王自己，只有真正為民設想，才可以讓天下百姓歸順。

談美德

體 察 民 情

　　據《晏子春秋》記載，齊景公在位期間，有一年，連續下了三日大雪，天氣非常寒冷。身在宮中的齊景公卻說：「真奇怪，為甚麼我一點也不冷？」原來他穿上了厚厚的狐皮大衣！幸好他有晏子輔政，因此能安然在位五十八年。

　　據《晉書》記載，晉惠帝在位期間，有一年，全國發生大饑荒，百姓流離失所。身在宮中的晉惠帝知道這個消息，卻反問說：「為甚麼他們不吃肉粥呢？」不久，西晉就滅亡了。

　　據《宋史》記載，淳化四年冬天某日，京城下了一場很大的雪，宋太宗於是派人給城中的獨居老人、貧困百姓送上錢幣、白米和木炭。在他統治下，宋朝逐漸進入安穩興盛的時期。

　　可見一國之興衰，的確關乎君王願意體察民情與否。

1. 試解釋以下文句中的粗體多音字,並圈出正確的讀音。

    (i) **數**罟不入洿池。　　　　　義:＿＿＿＿＿;音【索 / 速】

    (ii) 七十者**衣**帛食肉。　　　　義:＿＿＿＿＿;音【意 / 依】

    (iii) 然而不**王**者。　　　　　　義:＿＿＿＿＿;音【黃 / 旺】

2. 試根據文意,把以下文句語譯為語體文。

    是何異於刺人而殺之。

    ＿＿＿＿＿＿＿＿＿＿＿＿＿＿＿＿＿＿＿＿＿＿＿＿＿＿

3. 文章第一段,<u>孟子</u>提出了哪三項政策?如果推行這些政策,會分別帶來甚麼好處?

    (i) 政策一:＿＿＿＿＿＿＿＿＿＿＿＿＿＿＿＿＿＿

    　　 好　處:＿＿＿＿＿＿＿＿＿＿＿＿＿＿＿＿＿＿

    (ii) 政策二:＿＿＿＿＿＿＿＿＿＿＿＿＿＿＿＿＿＿

    　　 好　處:＿＿＿＿＿＿＿＿＿＿＿＿＿＿＿＿＿＿

    (iii) 政策三:＿＿＿＿＿＿＿＿＿＿＿＿＿＿＿＿＿＿

    　　 好　處:＿＿＿＿＿＿＿＿＿＿＿＿＿＿＿＿＿＿

4. 承上題,三項政策都推行後,會達致怎樣的目標?

    ＿＿＿＿＿＿＿＿＿＿＿＿＿＿＿＿＿＿＿＿＿＿＿＿＿＿

    ＿＿＿＿＿＿＿＿＿＿＿＿＿＿＿＿＿＿＿＿＿＿＿＿＿＿

5. 綜觀全文，以下哪些政策直接跟年長百姓有關？

①按時伐木。　　　　②減少戰爭。

③辦好教育。　　　　④養殖牲畜。

⑤種植桑樹。

○ A. ④⑤　　　　　○ B. ①④⑤

○ C. ②④⑤　　　　○ D. ③④⑤

6. 根據文章內容，辦好教育會帶來甚麼好處？

_____

_____

7. 結合〈寡人之於國也〉（上），梁惠王在災荒時「移其民於河東，移其粟於河內」，這跟不能「王天下」有甚麼關係？

_____

_____

8. 根據〈寡人之於國也〉（上）及〈寡人之於國也〉（下），判斷以下陳述。

	正確	錯誤	無從判斷
(i) 梁惠王好戰，是因為他想一統天下。	○	○	○
(ii) 孟子認為梁惠王未達到王道。	○	○	○
(iii) 梁惠王表示自己跟其他君主一樣差。	○	○	○

參 考 答 案

❶ 迂公修屋

有一個姓迂的人，世人叫他做迂公，他的性格非常吝嗇：籬笆破敗了，瓦片裂開了，都不肯（花錢）修理。有一晚，天下了很久的雨，屋頂因而漏水。迂公多次遷移睡牀，卻始終找不到乾爽的地方。他的妻子於是責備迂公説：「我嫁給你，是因為你家中有錢，卻沒有想到竟然要忍受這種辛苦勞累。你憑甚麼當父親？憑甚麼當丈夫？」

妻子和兒子一同責備迂公，迂公沒有辦法，於是馬上召來工匠修葺屋子，耗費的人力物力非常多。工程剛完成，忽然雲霧散開，天空放晴，整個月都是陽光普照。迂公於是日日夜夜仰望着屋子歎息説：「剛剛修葺好屋子，就馬上不下雨了，這難道不是白白浪費金錢嗎？」

文章理解

1. (i) 竟然（妻子本因為迂公富有才嫁給他，沒想到會住在漏水的屋子裏。「不意」帶有「意想不到」的意思，因此「乃」就解作「竟然」。）

   (ii) 於是／因此（迂公召來工匠修葺屋子，是因為不想被妻兒責備，可見兩者帶有因果關係，故此「乃」在這裏可以寫作「於是」或「因此」。）

2. 原文：　　　　妻 詰 　 曰：「吾適 爾， 因 汝家 富 。」
   譯文：（他的）妻子責備迂公説：「我嫁給你，是因為你家中有錢。」
   （「適」是多義字，本身解作「前往」，是動詞。「吾」和「爾」分別解作「我」和「你」，那麼「適」很有可能即是動詞，可是解作「前往」是解不通的，唯有解作「出嫁」才正確：他們二人是夫妻，而且後句「因汝家富」，亦是表示妻子「嫁給」迂公的原因。）

3. 因為迂公十分吝嗇，不肯花錢修葺破敗了的籬笆和瓦片，結果一下雨，屋頂就漏水，甚至沒有乾爽的地方擺放睡牀，因此惹來妻子的責備。

4. C

5. 迂公認為天不再下雨，所以屋頂即使不修葺，也不會漏水，那麼修葺屋頂便變得

沒有必要,也就是白白浪費了金錢。

6. 我認同,因為如果不修葺屋頂,便可以把金錢儲蓄起來,用於其他地方來改善生活。【或】

我不認同,因為修葺漏水的屋頂,可以讓家人日後不用再受苦,這些開支是必要的,即使花了錢也不算是浪費。

❷ 文徵明習字

語譯

　　文徵明臨摹書寫《千字文》,每天以寫上十本作為標準,書法技巧於是很有進步。對於書法,文徵明一生未曾馬虎了事,有時給別人回覆書信,稍為寫得不符合心意的,必定再三修改,卻不感到厭煩。因此他越年老,書法技巧就越是更加精湛巧妙。

文章理解

1. (i) 每天／每日

　 (ii) 馬虎了事

2. 原文:故　愈老　而　　　愈益　精妙。

　 譯文:因此他越年老,　書法技巧就越是更加精湛巧妙。

　 (「愈」和「益」在這裏是表示比較的程度副詞,相當於「越」和「更加」,而「精妙」則解作「精湛巧妙」。)

3. B

　 (句子 A 的「大治」解作「非常太平」;句子 C 的「大進」解作「很有進步」;句子 D 的「大說」解作「非常開心」,三句的「大」都是解作「非常」的程度副詞。句子 B 的「大蓋」則是指「很大的車蓋」,當中的「大」是與「小」相對的形容詞,與其餘三句的不同,因此是答案。)

4. 文徵明有時給別人回覆書信,稍為寫得不符合心意的,必定再三修改,卻不感到厭煩,可見他寫字絕不馬虎了事。

5. A

　 (句子 A 的「少卻」解作「稍為退後」,當中「少」讀【小】,跟「少不當意」中的「少」是同義的,都是表示「稍為」的程度副詞,故此是答案。至於句子 B 的「少」讀【笑】,解作「年少」;句子 C 的「少」讀【小】,解作「少許」;句子 D 的「少」讀【小】,解作「減少」。)

6. 文徵明每天都勤奮練習書法，即使是寫給別人的書信，一旦有寫得不滿意的地方，也會馬上修改，這使他的書法技巧日益進步。文徵明的故事告訴我們凡事只有腳踏實地，堅持不懈，才能達致成功。

❸ 習慣說

語譯

　　我年少的時候，在養晦堂西側的一間屋子裏讀書；低頭就讀書，抬頭就思索，思索時如果找不到答案，就會站起來，圍繞屋子徘徊踱步。屋子裏有一個水窪，直徑約一尺。一天接一天的，水窪逐漸變得大起來。我每次踩過這個水窪，我的腳總是被絆倒。時間一長，我卻最終習慣了這個水窪。

　　有一天，父親來到屋子裏，看到了這個水窪，於是笑着對我說：「你連一間屋子都整治不了，那麼還憑甚麼治理國家呢？」隨後就吩咐童僕，拿來泥土，填平水窪。

　　後來，我再踩過這個水窪，就好像踢到甚麼東西似的，因而感到驚訝，感覺地面好像突然凸起了的樣子；低頭看看地面，卻是平平整整的，原來水窪已經填平了！過了不久，依然有這種感覺；可是時間一長，我卻又習慣了這塊平地。

　　唉！習慣對人的影響非常深遠啊！腳一向踩踏在平地上，當然不能適應水窪；到日子久了，因而感到水窪彷彿變得平坦；直至把長久以來的水窪填平，回復原來的狀態，卻反而認為是阻礙，因而感到不舒適。故此，君子做學問，所重視的，就是在開始時小心謹慎（，不能被壞習慣所影響）。

文章理解

1. (i) 低頭（後句的「仰」解作「抬頭」，由此可以推敲「俛」應該與之反義。）
   (ii) 踩踏
   (iii) 填平

2. 原文：思　　而弗得　　　，輒起　　。
   譯文：思索時如果找不到答案，就會站起來。
   （後句的「輒」解作「就會」，由此可以推敲前句的「而」是表示假設的連詞，相當於「如果」。）

3. C
   （「命童子取土平之」說明了水窪不是劉蓉填平的；「浸淫日廣」中的「浸淫」不是指水浸，而是解作「漸漸」；「讀書養晦堂之西偏一室」說明了水窪的位置是在劉蓉的書房裏，因此都不是答案。）

4. 因為<u>劉蓉</u>努力讀書是為了求取功名，幫助治理國家，可是連自己書房裏的水窪都不加以整治。

5. (i) 腳總是被絆倒。

(ii) 好像踢到甚麼東西，感覺地面好像突然凸起了的樣子，十分驚訝。

（兩題的關鍵在於「履」字，解作「踩踏」，文中的「履之」、「履其地」，實際上就是指踩踏水窪，由此可以找出答案；「足苦躓焉」中的「躓」解作「絆倒」；「如土忽隆起者」中的「隆起」解作「凸起」）。

6. (i) <u>劉蓉</u>起初踩踏水窪，感到不適應，可是時間久了，就覺得凹陷的水窪也是平坦的。

(ii) 由於習慣踩踏在凹陷的水窪上，因此當水窪被填平後，<u>劉蓉</u>自然覺得有所阻礙，感到不舒適。

7. D

（「既久而遂安之」的前文是「足苦躓焉」，即作者總是被絆倒，後句「安之」說明他已經習慣，前後句的性質是相反的，由此可以知道「而」在這裏帶有轉折成分；「又久而後安之」的前句是「已而復然」，即作者總是覺得踢到水窪，後句「安之」也是說明他已經習慣，前後句的性質是相反的，由此可以知道「而」在這裏帶有轉折成分；「益脾而損齒」中的「益」和「損」分別解作「有益」和「有害」，性質是相反的，由此可以知道「而」在這裏帶有轉折成分；「及其久」是指習慣久了，「窪者若平」指水窪好像扁平，兩者帶有因果關係，由此可以知道「而」解作「因此」。）

8. (i) 做學問所重視的，就是在開始時小心謹慎。

(ii) 借事說理

(iii)（答案只供參考）

我認同，因為學習任何知識，在一開始時出錯了卻不加以糾正，繼續將錯就錯的話，就只會習非成是，對自己沒有好處。

❹ 孟母擇鄰

語譯

　　<u>鄒國</u> <u>孟子</u>的母親，世人稱為「<u>孟母</u>」，他們的家就在墳墓旁邊。<u>孟子</u>小時候，玩的遊戲都是墳墓間的事情，熱衷於模仿巫師築墓穴和埋葬。<u>孟母</u>說：「這裏不是適合孩子居住的地方。」於是將家搬遷到市集旁邊。<u>孟子</u>玩的遊戲都是模仿商人大

聲叫賣的事情。<u>孟母</u>又說：「這裏不是（適合）孩子居住的地方。」<u>孟母</u>於是再將家搬到學校旁邊。<u>孟子</u>這次玩的遊戲都是準備祭祀的儀式、與客人和長輩見面時的禮儀。<u>孟母</u>說：「這裏真的可以讓我的孩子居住了。」於是在這裏定居下來。後來<u>孟子</u>長大成人，主動學習儒家六藝，最終成為大學問家。君子說：「<u>孟母</u>善於揀選好鄰居，是<u>孟子</u>成為大學問家的原因。」

文章理解

1. (i) 搬遷

   (ii) 商人

   (iii) 最終

2. 原文：　　真　可以　居吾　子　【居　】矣。

   譯文：這裏真的可以讓　我的孩子　居住　了。

3. (i) 墳墓；巫師築墓穴、埋葬

   (ii) 市集；商人大聲叫賣

4. C（「學六藝」是「<u>孟子</u>長」之後的事情。）

5. <u>孟母</u>善於揀選好鄰居，是<u>孟子</u>成為大學問家的原因。

   （「所以」在這裏解作「……的原因」，表示「<u>孟母</u>之善擇鄰」是<u>孟子</u>「成大儒」的原因。）

❺ 芒山盜臨刑

語譯

　　<u>宋徽宗 宣和</u>年間，<u>芒山</u>有一個強盜即將被處死，他的母親前來刑場和他訣別。強盜對母親說：「我希望像小孩子的時候，再次吸吮母親的乳頭，這樣即使死了，也沒有遺憾。」母親於是給他吸吮乳頭，強盜卻咬斷了母親的乳頭，結果血流得到處都是，母親最終死了。

　　強盜繼而告訴行刑的人說：「我年幼的時候，偷來一棵菜、一根柴，我的母親看見了，卻對我這種做法感到高興。結果導致我不能約束自己，最終落得今天的下場，因此我懷恨在心，殺死了她。」唉！有諺語說「教導孩子，要從嬰兒開始」，真是一點也不假。

文章理解

1. (i) 即將／快要

   (ii) 感到高興（「喜」在這裏是意動用法，表示對某件事物「感到高興」，「之」就是指盜賊兒時偷竊這件事。）

   (iii) 虛假

2. 原文：盜　因　告　刑　者　曰。

   譯文：強盜繼而告訴行刑的人說。

   （「因」在這裏不解作「故此」，因為強盜「齧斷乳頭」，不是「告刑者曰」的原因，兩者不存在因果關係。「告刑者曰」是緊接「齧斷乳頭」發生的，兩者是承接關係，因此「因」在這裏解作「繼而」。）

3. D（「母來與之訣」中的「訣」解作「訣別」、「道別」。）

4. 強盜希望自己可以像小時候一樣，再次吸吮母親的乳頭。

5. 強盜說自己小時候偷了一棵菜、一根柴，母親感到十分高興，沒有約束自己的行為，使強盜以為自己做得正確，日後成為強盜，最終落得被處死的下場。強盜認為這是母親的錯，因此心懷怨恨並殺死她。

   （「故恨殺之」中的「故」是表示結果的連詞，前文正是強盜懷恨並殺死母親的原因。）

6. (i) 無從判斷

   (ii) 錯誤

7. （答案只供參考）

   責任在強盜，因為盜竊是不當的行為，即使母親沒有糾正，強盜長大後也應有辨別是非的能力，自己做了錯事，不應諉過他人。【或】

   責任在母親，因為所謂「教子嬰孩」，教導孩子，要從嬰兒開始。父母要從小培養孩子正確的價值觀，否則孩子長大後便積習難改。

❻ 寡人之於國也（上）

語譯

　　梁惠王說：「我對於國家，算是費盡心血了。黃河以北發生饑荒，我就把當地的居民遷徙到黃河以東，把黃河以東的糧食遷徙到黃河以北；黃河以東發生饑荒的話，也是這樣做。我看到鄰近國家的政策，沒有像我這樣費盡心血的。可是，鄰近國家的百姓沒有減少，我的百姓沒有增多，這是為甚麼呢？」

　　孟子回答道：「大王您喜歡打仗，就請讓我用打仗來打比喻。戰鼓鼕鼕地敲響，

雙方開始交戰，有些士兵卻丟棄盔甲、拖着武器逃跑，有人逃跑了一百步後就停下來，有人逃跑了五十步就停下來。恃着自己只逃跑了五十步，就譏笑逃跑了一百步的人，您覺得如何呢？」

梁惠王說：「不可以。他們只是沒有逃跑到一百步罷了，可是這也是逃跑呀！」

文章理解

1. (i) 這樣
   (ii) 拖着

2. 原文：鄰 國 之民 不 加少，寡人之民 不 加多， 何 也？
   譯文：鄰近國家的百姓沒有減少，我 的百姓沒有增多，這是為甚麼呢？
   （「加」帶有「更加」的意思，「加少」就是指「減少」；「也」在這裏是表示疑問的語氣助詞，相當於「呢」。）

3. 黃河以北發生饑荒，他就把當地的居民遷徙到黃河以東，把黃河以東的糧食遷徙到黃河以北；黃河以東發生饑荒的話，也是這樣做。

4. 不是，因為梁惠王只是把饑民遷移到黃河以東，但同時又把黃河以東的糧食搬走，根本沒有解決到饑荒的問題。

5. 他表示不認同，因為他們只不過沒有逃跑滿一百步罷了，但本質上同樣是逃跑。
   （「直不百步耳」中的「耳」是表示限制的語氣助詞，相當於「罷了」。）

6. 實際上想梁惠王承認自己的政策，就像逃跑五十步的士兵一樣，看起來好像比較好，可是本質上都是沒有替百姓着想。

7. 五十步笑百步

❼ 為學一首示子姪（節錄）

語譯

四川的邊境有兩位僧人，其中一位貧窮，其中一位富有。貧窮的僧人告訴富有的僧人說：「我想前往南海，怎麼樣？」富有的僧人說：「你憑甚麼前往？」貧窮的僧人說：「我只需要一個水瓶和一個飯缽就足夠了。」富有的僧人說：「我幾年以來都想租用船隻，順流而下前往南海，尚且不能夠做到，你又憑甚麼前往？」

到了第三年，貧窮的僧人從南海回來，把到過南海的這件事告訴富有的僧人，富有的僧人顯露出慚愧的表情。四川距離南海，不知道有幾千里的路，富有的僧人不能夠前往，可是貧窮的僧人卻能夠前往那裏。一個人立定志向，難道比不上四川邊境那位貧窮的僧人嗎？

文章理解

1. (i) 結構助詞

 (ii) 的（「蜀」是指「四川」，「鄙」是指「邊境」，「蜀之鄙」就是指「四川的邊境」。）

 (iii) 動詞

 (iv) 前往（「欲」解作「想」，「南海」是地方名，可以推敲「之」應該解作「前往」。）

 (v) 代詞

 (vi) 這裏（「之」在這裏用作代詞，指代前文貧僧和富僧一直提到的地方——南海。）

2. 原文：僧 之 富 者不能 至 。

 譯文：富有 的僧人 不能夠前往。

 （「僧之富者」中的「富」是定語，用來描述前面的名詞「僧」，原本應該寫作「富僧」，這裏出現了倒裝，因此用上結構助詞「之」來表示兩個字的位置對調，並加上虛詞「者」，成了「僧之富者」。語譯時，應該先把倒裝了的名詞和定語對調，然後在兩者之間加上結構助詞「的」，同時刪除「之」、「者」二字不譯。）

3. (i) 無從判斷

 (ii) 錯誤

4. 富僧雖然有錢，可以租用船隻前往南海，可是他不肯立定志向，總是給自己諸多藉口，因此多年來始終沒法前往。

5. 「昏與庸，可限而不可限」是指不聰明看似是對學習的限制，可是只要立定志向，就不會是限制，就好像貧僧沒有金錢，可是只要有堅毅的精神，最終還是可以到達南海。

6. 舉例；對比

 （課文先舉出僧人前往南海的故事，同時通過對比貧僧和富僧的態度，來說明為學要立定志向的道理。）

❸ 乘風破浪

語譯

　　宗愨表字元幹，是南陽人。他的叔父叫宗炳，品格清高，不肯做官。宗愨年輕的時候，宗炳問及他的志向，宗愨回答說：「我希望順着大風，衝破萬里的波浪。」宗炳說：「如果你不能變得富有或尊貴，就一定會敗壞我們的家聲。」

宗愨的兄長宗泌迎娶妻子，妻子才過門不久，當晚家裏就被盜竊打劫。當時宗愨只有十四歲，卻挺起身軀，勇敢地抵抗盜賊，結果十來個盜賊都敗退了，不能進入正屋。

當時天下太平，讀書人都把學習文章道理、考取功名視為事業。宗炳一向有着高尚的情操，一眾兒子和同宗堂房親屬都非常好學，唯獨宗愨卻放縱情緒、喜歡武藝，因此不被同鄉稱讚。

文章理解

1. (i) 做官

   (ii) 太平

2. 原文： 故 不為鄉曲所稱 。

   譯文：宗愨因此不被同鄉 稱讚。

   (句子的主語是宗愨，語譯時需要補回；「為」在這裏是表示被動的介詞，相當於「被」，而「所」則是附加於句式中的助詞，沒有實際意思，語譯時可以省略；「鄉曲」在這裏指「同鄉」。)

3. (i) 順着大風，衝破萬里的波浪，暗示希望馳騁天下。

   (ii) 如果宗愨不能變得富有或尊貴，就一定會敗壞家聲。

4. 乘風破浪

5. 宗泌成親當晚家裏被盜竊打劫。宗愨挺起身軀，勇敢地抵抗盜賊。結果十來個盜賊都敗退了，不能進入正屋。

6. C

   (第三段說「諸子羣從皆好學，而愨獨任氣好武」，可見宗愨不喜歡讀書，而「任氣好武」就是說他為人意氣用事，喜歡武藝。雖然他的志向跟叔父所寄望的不同，卻不代表他不尊重叔父，所以選項③是錯誤的。)

⑨ 曹劌論戰（上）

語譯

魯莊公十年的春天，齊國的軍隊攻伐我國。魯莊公準備迎戰，曹劌請求進見。他的同鄉說：「當官的人自然會謀劃這場戰事，你不要參與了。」曹劌回答說：「當官的人見識淺薄，還不能長遠地謀劃。」

曹劌於是入宮拜見魯莊公，並問他：「您憑甚麼迎戰？」魯莊公說：「衣服、食物這類養生的東西，我不敢專門享有，一定會把它們分給身邊的大臣。」曹劌回答

説：「這種小恩小惠還不能遍及百姓，老百姓是不會聽從您，上陣殺敵的。」魯莊公説：「祭祀用的豬牛羊、玉器和絲織品，我不敢誇大數目，一定用誠信來祭祀。」曹劌回答説：「小信用還不能取得神靈的信任，神靈是不會保佑您的。」魯莊公説：「大大小小的訴訟案件，即使不能夠仔細調查，但我一定根據實情來判決。」曹劌回答説：「這才是為百姓盡忠職守的事情，可以憑藉這一點來嘗試迎戰；出戰的話，就請讓我跟從您一同前往。」

文章理解

1. (i) 請求

   (ii) 請讓我

   （「請」有多個意思，「曹劌請見」是指曹劌「請求」拜見魯莊公；後來他請求莊公帶同自己出戰，「戰則請從」裏的「請」則是解作「請讓我」。）

2. 原文：肉食者 鄙 　，未 能遠 謀 。

   譯文：當官的人見識淺薄，還不能長遠地謀劃。

   （古代有權位的人才能以肉為主食，因此「肉食者」就是借指當官的人；「未」是表示否定的副詞，相當於「還不」；「遠」在這裏作副詞用，相當於「長遠地」。）

3. 同鄉勸告曹劌不要參與謀劃戰事，因為本身已經有當官的人去負責。

   （「毋」是表示否定的副詞，相當於「不要」。）

4. (i) 把養生的東西平均地分給大臣

   (ii) 神靈庇佑

   (iii) 不誇大祭品的數目

   (iv) 百姓／人民擁戴

5. 曹劌認為只有百姓才值得依靠，因為百姓是國家的支柱，如果不善待百姓，百姓是不會替國家上陣殺敵的。

6. （答案只供參考）

   曹劌是個見義勇為的人，他知道朝中大臣都見識淺薄，因此自告奮勇，向魯莊公出謀劃策。

⑩ 生於憂患，死於安樂

語譯

　　舜在田野裏被堯提拔；傅説在建築土牆期間被武丁舉薦；膠鬲販賣魚和鹽時被周文王舉薦；管仲在監獄裏被齊桓公舉薦；孫叔敖在淮河邊被楚莊王舉薦；百里奚

在市集被秦穆公舉薦。故此上天要把重大的任務交給這些人，必定先使他們的意志受苦（或「磨練他們的意志」），使他們的筋肉和骨頭勞累（或「鍛煉他們的筋肉和骨頭」），使他們的身體捱餓，使他們的生活貧困，而且使他們所做的事情顛倒錯亂，藉此震撼他們的內心，使他們的性格堅韌起來，提升他們尚未發揮的能力。這樣以後，我們才會知道人或國家會因為憂慮禍患而掙扎求存，也會因為耽於安逸享樂而走向滅亡。

文章理解

1. (i) 舉薦/推舉

   (ii) 提升/增加

2. 原文：故　天　將　降大　　任　（降）於是　人也。

   譯文：故此上天要把　重大的任務　交　給這些人　。

   （「降」在這裏可以理解為「交給」；「是」在這裏解作「這」、「這些」。）

3. (i) 勞其筋骨。

   （「勞」本是形容詞，解作「勞累」，當與後面的賓語「筋骨」結合後，就會變成動詞，解作「使筋骨勞累」。）

   (ii) 使他們的身體捱餓。

   （「餓」本是形容詞，解作「肚餓」，當與後面的賓語「體膚」結合後，就會變成動詞，解作「使身體捱餓」。）

   (iii) 使他們的生活貧困。

   (iv) 空乏其身。

   （「空乏」本是形容詞，解作「貧困」，當與後面的賓語「身」結合後，就會變成動詞，解作「使生活貧困」。）

   (v) 使他們所做的事情顛倒錯亂。

   （「拂亂」本是形容詞，解作「顛倒錯亂」，當與後面的賓語「所為」結合後，就會變成動詞，解作「使他們所做的事情顛倒錯亂」。）

   (vi) 使他們的意志受苦。

   (vii) 苦其心志。

4. (i) 震撼他們的內心，使他們的性格堅韌起來。

   (ii) 提升他們尚未發揮的能力。

   （原文裏的「所以」，解作「……的方法」，也可以理解為「藉此」，即是「上天給予磨難的目的」。「忍性」裏的「忍」是形容詞，解作「堅韌」，當與後面的賓語「性」結合後，就會變成動詞，解作「使（他們的）性格堅韌起來」。）

5. （答案只供參考）

「生於憂患」是指在憂患裏掙扎求存。如果我們具備危機意識，時刻為隨時出現的危機作好準備，這樣即使遇上突發事情，也能從容應付。

⑪ 多歧亡羊

語譯

　　楊子的鄰人走失了羊。他既帶領鄉里尋找，又請求楊子的童僕一同追尋牠。楊子説：「你走失的羊有多少隻？」鄰人回答説：「只是一隻羊而已。」楊子説：「唉！走失了一隻羊，為甚麼追尋牠的人卻那麼多？」鄰人説：「因為太多分岔路了。」鄰人和童僕回來後，楊子問：「找到羊嗎？」鄰人説：「丟失了羊了。」楊子追問説：「為甚麼丟失了牠？」鄰人回答説：「分岔路裏又有分岔路，我們不知道羊前往的地方，因此只好回來。」

　　楊子因而憂傷起來，面色也改變了，一言不發了好一會兒，整天都毫無笑容。他的弟子為此感到奇怪，於是説：「羊只是不值錢的牲畜，而且不是老師擁有的，可是您卻因而不説不笑，為甚麼呢？」楊子沒有回答。他的弟子孟孫陽離開，將此事告訴心都子。心都子説：「大路因為太多分岔路，因而走失了羊，正如讀書人因為要學太多道理，不能專心一致，因而喪失了求知問道的本性。」

文章理解

1. (i) 率領／帶領

   (ii) 全日／整天

2. 原文：吾 不知 所 之 　　　。

   譯文：我們不知道 羊前往的地方。

   （「之」在這裏是動詞，相當於「走」、「前往」，而「所」位於動詞前面的話，意思相當於「⋯⋯的人／事／物」。根據文意，羊走失了，自然有一個要去的地方，由此可以知道「所之」就是「前往的地方」。）

3. (i) 只是一隻羊而已。

   (ii) 走失了一隻羊，為甚麼追尋牠的人卻那麼多？

   （「亡一羊何追者之眾？」中的「何」是疑問代詞，所問的是原因，相當於「為甚麼」。）

   (iii) 丟失了羊了。

   (iv) 為甚麼丟失了牠？

因為分岔路裏又有分岔路。

（「奚亡之？」中的「奚」是疑問代詞，所問的是原因，相當於「為甚麼」。）

4. A、D

5. 歧路亡羊

⑫ 囫圇吞棗

語譯

有一個客人說：「梨子雖然對牙齒有益，可是對脾臟有害；大棗雖然對脾臟有益，可是對牙齒有害。」一個愚鈍的年輕人想了很久，然後說：「我如果吃梨子，那麼就只咀嚼，卻不吞嚥，這樣便不能夠傷害我的脾臟；我如果吃大棗，那麼就只吞嚥，卻不咀嚼，這樣便不能夠傷害我的牙齒。」客人說：「你真是愚鈍，竟然吞下一整個大棗啊！」最後更前仰後合地大笑起來。

文章理解

1. (i) 愚鈍

(ii) 最終／最後

2. 原文：梨　雖　【齒】　益　齒，而　【脾】　損　脾。

譯文：梨子雖然對牙齒有益　　，可是對脾臟有害　　。

（這是一個轉折複句，「雖」就是「雖然」，「而」就是「可是」。）

3. 大棗雖然對脾臟有益，可是對牙齒有害。

4. (i) 梨子

(ii) 咀嚼

(iii) 脾臟

(iv) 吞下

(v) 咀嚼

(vi) 牙齒

（「我若食梨，則嚼而不咽，不能傷我之脾」、「我若食棗，則吞而不嚼，不能傷我之齒」都是由假設複句和轉折複句組成的多重複句。「若」是「如果」，「則」是「那麼」，「而」是「卻」，強調「嚼」和「咽」兩個動作，一個做，一個不做，意思上是相反的。）

5. 大棗這麼大顆，如果不加以咀嚼就吞下，就會卡在喉嚨裏，導致窒息而死。

6. 囫圇吞棗

7. 文中的年輕人是個愚蠢的人，雖然學懂了吃梨子和大棗的利弊，卻不加以思考，以為不吞下梨子，就不會傷害脾臟；不咀嚼大棗，就不會傷害牙齒。

⑬ 奈何姓萬

語譯

　　汝州有一個有田地有房舍的老人，家中財產非常豐厚，然而連續好幾代都不識字。有一年，老人聘請了來自楚地的讀書人來教導他的兒子寫字。這個來自楚地的讀書人一開始教導老人的孩子拿起毛筆臨摹紅字，寫一畫，就教導他說是「一」字；寫兩畫，就教導他說是「二」字；寫三畫，就教導他說是「三」字。老人的兒子於是高興地擲下毛筆，回家告訴他的父親說：「我學會了！我學會了！可以不用麻煩老師，也不用花費巨額資助他食宿了，請父親辭退他吧。」他的父親很高興，於是聽從他的話，準備好金錢，辭退了那位來自楚地的讀書人。

　　過了一段時間，他的父親打算邀請妻子那邊的萬姓親友飲宴，於是吩咐兒子早上起牀後撰寫邀請函，過了很久，兒子還沒完成。父親於是催促他，他的兒子一臉無知地說：「天下姓氏多了，為甚麼偏偏要姓萬？從早上起牀到現在，我才完成了五百畫而已。」

文章理解

1. (i) 財產
   (ii) 拿起
   (iii) 辭退
2. 原文：其　子　輒　欣　然　擲　筆　。
   譯文：老人的兒子於是高興地擲下毛筆。
   （「欣」解作「高興」，是形容詞；「擲」解作「擲下」，是動詞；「然」位處形容詞和動詞之間，是結構代詞，相當於「地」。）
3. 楚士起初教老人的兒子拿筆寫數字：寫一畫為「一」，寫兩畫為「二」，寫三畫為「三」。
4. 老人吩咐兒子給姓萬的親友撰寫邀請函，邀請他出席宴會。
5. 兒子只知道寫一畫是「一」，寫兩畫是「二」，寫三畫是「三」，因此當他要寫表示一萬的「萬」字時，就以為要寫一萬畫。寫了一個早上，還是只寫了五百畫。
6. D
   （「芒芒然歸」譯作「疲倦地回家」；「茫然曰」譯作「一臉無知地說」；「填然鼓之」

譯作「鼕鼕地敲響戰鼓」，當中的「然」字都解作「地」。「河東凶亦然」中的「然」字則解作「這樣」，指代梁惠王調動百姓和糧食的做法。）

⑭ 邴原泣學

語譯

　　邴原年輕時就失去了父親，幾歲的時候，路過一間私塾時竟然低聲哭泣起來。私塾裏的老師看見了，於是問：「小朋友，你為甚麼哭泣起來？」邴原回答說：「凡是可以讀書學習的人，都是有親人的。我一方面羨慕他們不是孤兒，另一方面羨慕他們能夠讀書學習，心裏傷心感觸，因而哭泣起來了。」老師說：「你想讀書的話，就應當去做啊！」邴原說：「我沒有金錢呢。」老師說：「小朋友，你假如有讀書的志向，我就義務教導你，不收取金錢。」

　　邴原因此跟隨老師學習，長大後學識非常廣博，品行像黃金、美玉一樣高潔。

文章理解

1. (i) 為何/為甚麼

   (ii) 羨慕

   (iii) 假如/如果

   (iv) 品行

2. 原文：凡　得　學　　者　，　　有　親　也。

   譯文：凡是可以讀書學習的人，都是有親人的。

   （「得」在這裏解作「可以」、「能夠」；「者」是代詞，相當於「……的人」；「親」解作「親人」。）

3. 因為邴原知道在私塾裏讀書的人都有親人，他羨慕他們有親人而且可以讀書，反觀自己年幼喪父且沒有讀書的機會，心裏一時傷心感觸，因而哭泣起來。

4. A. 邴原

   B. 師/老師

   C. 邴原

   D. 師/老師

   （文章的對話只限於邴原和老師二人，而對話是由老師所說「童子何泣？」這句開始的，由此可以補回適當的主語。）

5. C

   （老師說過「吾徒相教，不求資也」，選項 A 看似是答案；可是老師也提到「童

子苟有志」,「苟」是連詞,相當於「假如」,換言之,老師願意義務教導邴原,但前提是邴原必須真的有志於學,因此答案是選項C。)

6 邴原十分好學,他自幼喪父,家境貧困,但依然非常渴望讀書,經過私塾時更為此哭泣起來。【或】

邴原十分好學,當老師表示願意教導他後,果然努力讀書,最終成為學識淵博、品行高尚的人。

⑮ 陳太丘與友期行

語譯

陳太丘和朋友相約出行,約定在中午出發。可是過了中午,朋友還未到,陳太丘唯有丟下朋友先行離開;陳太丘離開後,朋友才到。陳太丘的兒子元方當時七歲,正在家門外玩耍。朋友問元方說:「你的父親在嗎?」元方回答說:「我父親等了您很久,您卻沒有到來,他已經離開了。」朋友於是生氣地說:「他真的不是人啊!和別人相約出行,卻丟下別人離去。」

元方說:「您跟我父親約定在中午出發。過了中午您還未到,就是沒有信用;對着孩子謾罵他的父親,就是沒有禮貌。」朋友感到慚愧,於是下車,想拉着元方的手道歉。元方走進家門,沒有回頭看他。

文章理解

1. (i) 約定

   (ii) 嗎

   (iii) 回頭看

2. 原文:過中　　【友】　不至,太丘　　舍【友】去　,

   譯文:過了中午,朋友還未到,陳太丘唯有丟下朋友離開,

   原文:【陳太丘】去　後【友】乃至。

   譯文:陳太丘　離開後,朋友才到。

   (第一句「過中不至」省略了主語「友」,因為沒有來到(「不至」)的,正是陳太丘的朋友,應該補回「朋友」;第二句的「舍」解作「捨棄」,後面的賓語「友」被省略,因此要補回「朋友」;第三句「去後乃至」中的「去」解作「離去」,主語是陳太丘,因此應該補回「陳太丘」,而「至」的人則是陳太丘的朋友,因此應該補回「朋友」。)

3. (A) 人/別人

（「委」在這裏是動詞，解作「丟下」。根據文意，<u>陳太丘</u>丟下朋友離去。朋友
於是謾罵<u>陳太丘</u>「與人期行」，卻「相委而去」。當中的「人」是賓語，即「別
人」，由於前文已經提到這個賓語，可知後句動詞「委」的後面省略了的是相同
的賓語。）

(B) 友/友人

（前文提到友人知道自己錯罵<u>陳太丘</u>後感到慚愧，並想跟<u>陳元方</u>言好，可是<u>陳元</u>
<u>方</u>卻「入門不顧」，當中「顧」在這裏解作「回頭看」，對象是父親的朋友，因
此要在動詞「顧」的後面補回相關賓語。）

4. (i) 非人哉

(ii) 他真的不是人啊！

（「非」在這裏用作動詞，指「不是」；「哉」是語氣助詞，相當於「啊」。）

5. (i) 友人與<u>陳太丘</u>約定在中午出行，卻遲遲沒有到來，是沒有信用的表現。

(ii) 友人當着<u>陳太丘</u>的兒子面前謾罵<u>陳太丘</u>，是沒有禮貌的表現。

6. （答案只供參考）

我認為朋友間應當守信。如果大家都不肯信守承諾，互相欺騙對方，彼此就會失
去互信，友情亦難以維繫。

⑯ 硯眼

語譯

<u>蘇州</u> <u>陸廬峯</u>到首都聽候任命，曾經在市集裏遇見一方上好的墨硯，於是跟賣家
商議價錢，卻沒有談成。<u>陸廬峯</u>返回住所後，就吩咐僕人説：「你用一兩金子把墨硯
買回來給我。」

過了很久，僕人拿着墨硯回來，<u>陸廬峯</u>十分驚訝，因為它不像自己之前看到的
那方墨硯，僕人卻堅持説它就是那方墨硯。<u>陸廬峯</u>説：「我之前看到墨硯上有個鴝鵒
眼，現在為甚麼不見了它？」僕人回答説：「我嫌棄它稍為凸起，在歸途上遇見一
位石匠，幸好還有剩餘的銀兩，於是吩咐他打磨並平整這個鴝鵒眼。」<u>陸廬峯</u>十分
惋惜。

文章理解

1. (i) 商議

(ii) 它/墨硯

(iii) 為甚麼/為何

(iv) <u>陸盧峯</u>

2. 原文：汝以一　金　　　易歸　與我。

譯文：你用一兩金子把墨硯買回來給我。

（句中的「汝」解作「你」，是<u>陸盧峯</u>對門人的稱呼；「以」是介詞，相當於「用」；「易」〔讀【亦】〕本來指交易，這裏可以理解為「買」；「與」也是介詞，相當於「給」。）

3. D

4. 因為墨硯上的鴝鵒眼不見了，不像他之前看到的那方墨硯。

（「不類」只是<u>陸盧峯</u>感到驚訝的表面原因，實際原因是墨硯上的鴝鵒眼不見了。）

5. 因為門人買了墨硯後，嫌棄上面的鴝鵒眼稍為凸起，於是在歸途上用剩餘的銀兩，請石匠打磨並平整這個鴝鵒眼。

6. (i) 門人不懂情趣，他不知道墨硯上的鴝鵒眼是價值所在，也是令主人看中這方墨硯的原因。

(ii) 門人不安守本分，自作聰明地做了主人吩咐以外的事情，把鴝鵒眼磨平。

⑰ 黔之驢

語譯

　　<u>黔</u>地沒有驢子，有一個喜歡多事的人用船運了一頭驢子到那裏。到了後那個人卻發現驢子沒有用處，就把牠放到山腳下。老虎看到驢子，是個十分巨大的東西，於是把驢子當作神靈。老虎躲到樹林裏偷看牠，又逐漸走出來靠近牠，一臉小心謹慎的樣子，不知道驢子是何方神聖。

　　有一天，驢子叫了一聲，老虎非常懼怕，遠遠地逃走，以為驢子將要咬自己，十分驚恐。可是當老虎來回觀察驢子，又覺得驢子沒有甚麼特殊的本領。老虎逐漸習慣了驢子的叫聲，於是又靠近了一些，在驢子的前後走來走去，但始終不敢上前撲擊。後來，老虎又靠近了一些，進而戲弄牠，碰撞牠、挨近牠、衝擊牠、冒犯牠。驢子禁不住憤怒，於是踢了老虎一下。老虎因而高興起來，心裏盤算着說：「牠的本領只有這些罷了。」於是跳起來，大口地咬，咬斷驢子的喉嚨，吃光驢子的肉，然後才離開。

　　唉！形狀龐大，好像有德行；聲音宏亮，好像有才能。假使驢子當初不使出牠

的本領，老虎雖然兇猛，可是也會對驢子疑慮畏懼，最終不敢動手。現在落得像這樣的下場，可悲啊！

1. (i) 懼怕／害怕

   (ii) 而已／罷了

2. 原文：驢 不勝 怒 ， 蹄 之 。

   譯文：驢子禁不住憤怒，於是踢了老虎一下。

   （句中的「蹄」是名詞，因為動物會用蹄來踢敵人，因此句子把這個字臨時借用作動詞，解作「踢」。）

3. 驢子是被一個喜歡多事的人用船運載到黔地的。

   （「有好事者船載以入」中的「船」本是名詞，在這裏被臨時借用為狀語，修飾後面的動詞「載」，表示好事者運載驢子所用的交通工具——船隻。）

4. A、E

5. (i) 老虎覺得驢子沒有甚麼特殊的本領。

   (ii) ①老虎靠近驢子一些，在它的前後走來走去。

   　　②老虎靠近驢子一些，進而戲弄牠，碰撞牠、挨近牠、衝擊牠、冒犯牠。

6. （答案只供參考）

   驢子不清楚老虎的實力，就貿然向老虎出手，結果被發現本領不外如是，最終被老虎咬死。

7. 黔驢技窮

⑱ 汧陽豬

　　蘇東坡說：「以前，我在鳳翔府當官，聽聞汧陽豬的肉極為美味，打算邀請賓客一起品嘗。我於是派人前往購買汧陽豬，可是下人因為喝醉，被那隻豬在晚上逃走了，他唯有暗地裏購買其他豬隻來代替，我卻不知道這件事。宴席上，客人品嘗過汧陽豬後，全都非常開心，認為不是其他地方出產的豬肉可以比得上。不久，下人調包這件事敗露，客人知道後，都非常慚愧。」

1. (i) 以前

（「鄉」的基本字義是「家鄉」，可是放在文中是解不通的，整個故事發生在蘇軾當官的地點——鳳翔府，根本不會提到「家鄉」。原來「鄉」在這裏是「向」的通假字，解作「以前」，因為「鄉」讀【hoeng1】，「向」讀【hoeng3】，讀音非常接近，因而相通。）

(ii) 極/極度

(iii) 購買

2. 原文：欲　要　客　共　嘗　。

譯文：我打算邀請賓客一起品嘗。

（「要」的基本字義是「命令」、「需要」，如果把句子中的「要」理解為「命令」，詞性上雖然解得通，可是吃豬肉本是非常開心的事，按理不必蘇軾「命令」，然後才肯品嘗的。原來「要」在這裏是「邀」的通假字，解作「邀請」，因為「要」也可以讀【jiu1】，跟「邀」的讀音相同，因而相通。）

3. (i) 錯誤

(ii) 正確

4. 因為下人在回程途中喝醉了，結果讓汧陽豬逃之夭夭，他只好購買其他豬來代替。

5. 客人知道蘇軾邀請他們吃極美味的汧陽豬，因此實際上即使吃的是其他豬的肉，也會先入為主地以為吃的是汧陽豬，感到非常開心。後來客人發現吃的不是汧陽豬，而自己卻無法分辨，對於之前大加讚賞的反應感到不好意思，所以感到非常羞愧。

6. C

（文章以客人的前、後不同反應作對比，帶出人要獨立思考的道理。）

⑲ 田忌賽馬

語譯

　　齊國使者前往魏國首都大梁，孫臏以囚犯的身份暗地裏會見齊國使者，說服他帶同自己到齊國。齊國使者認為孫臏十分奇特，就偷偷地載他一起返回齊國。

　　齊國將領田忌跟孫臏見面後，就把他當作門客看待。田忌屢次跟齊國一眾公子賽馬，並下了很大的賭注。孫臏發現田忌和一眾公子的馬匹，腳力相差不遠，而且馬匹都分為上、中、下三等，於是告訴田忌說：「您只管下大賭注，微臣能夠令您獲勝。」田忌真的認為孫臏的話正確，於是跟齊威王和一眾公子下了千兩黃金的賭注。

到臨近比賽前，孫臏對田忌說：「現在您要用您的下等馬與他們的上等馬比賽，繼而拿您的上等馬與他們的中等馬比賽，最後拿您的中等馬與他們的下等馬比賽。」三匹馬都已經完成比賽，結果田忌輸了一場，卻贏了兩場，最終贏得了齊威王的千金黃金。

田忌於是把孫臏推薦給齊威王。威王向孫臏請教兵法後，最終把他視為軍師。

文章理解

1. (i) 暗地/暗裏/暗地裏

   (ii) 兩次

2. 原文：田忌信 <u>然</u> <u>之</u>　　　　　。

   譯文：田忌真的<u>認為</u>孫臏的話<u>正確</u>。【或】

   　　　田忌真的<u>認同</u>孫臏　　　。

   （「田忌信然之」裏的「然」是形容詞，表示「正確」，當與後面的賓語「之」（孫臏的話）結合後，就會變為動詞，並帶有「認為/覺得賓語怎麼樣」的意思。「然之」就是指田忌認為孫臏的話正確，也可以譯作「認同孫臏的話」。）

3. 田忌跟孫臏見面後，就把他當作門客看待。

   （「齊將田忌見而客孫臏」裏的「客」是名詞，所指的是「門客」，當與後面的賓語「孫臏」結合後，就會變為動詞，並帶有「把賓語當作甚麼」的意思。「客孫臏」就是指田忌把孫臏當作門客。）

4. (i) 上等馬

   (ii) 落敗

   (iii) 上等馬

   (iv) 中等馬

   (v) 勝利

   (vi) 中等馬

   (vii) 下等馬

   (viii) 勝利

5. 孫臏知道田忌和公子的馬匹實力相若，而且發現馬匹都分為上、中、下三等，於是臨時改變策略，先以下等馬讓賽，待對方只餘下實力較弱的中等馬和下等馬時，就以實力較強的上等馬和中等馬來迎戰。

6. B、E

   （田忌願意聽取並實行孫臏的用馬策略，毫無半點猜疑，可見他知人善任；當孫

臏協助田忌勝出後，田忌十分賞識孫臏的才華，因而把他推薦給齊威王，可見他是個感恩圖報的人。）

⑳ 殺駝破甕

語譯

　　從前有一個人，他往甕缸裏盛滿了穀物。他的駱駝把頭伸進甕缸裏，在甕缸裏吃穀物，後來頭被卡住，不能夠出來。駱駝的頭出不來了，這個人為這件事而憂愁煩惱。

　　有一個老人看到了，於是走過來，告訴他說：「你不要發愁呢！我教你怎樣把駱駝頭弄出來。你只要採用我的建議，就一定可以快快把駱駝頭弄出來：你應當斬斷駱駝的頭，這樣自然能夠把它弄出來。」這個人隨即採納了老人的建議，用刀斬斷駱駝的頭。這個人殺死了駱駝後，繼而又打碎了甕缸。像這種愚鈍的人，一定會被世上的人恥笑。

文章理解

1. (i) 告訴
   (ii) 應當/應該

2. 原文：汝　用　我　語　，　必　得　速　　　出　。
   譯文：你只要採用我的建議，就一定可以快快把駱駝頭弄出。
   （「用」在這裏解作「採用」、「採納」；「語」就是「建議」。）

3. A. 於
   （「甕中食穀」省略了表示位置的介詞「於」，原本應寫作「【於】甕中食穀」，意指「在甕缸裏吃穀物」。）

   B. 以
   （「刀斬其頭」省略了表示工具的介詞「以」，原本應寫作「【以】刀斬其頭」，意指「用刀斬斷駱駝的頭」。）

   C. 為
   （「世間所笑」省略了表示被動的介詞「為」，原本應寫作「【為】世間所笑」，意指「被世上的人恥笑」。）

4. 因為牠的駱駝把頭伸進甕缸裏吃穀物，頭部卻被卡在甕缸裏，無法出來。

5. 老人教文中主角用刀斬斷駱駝的頭。

6. B

7. 「癡人」就是「愚鈍」的人。文中主角沒有想清楚老人的建議是否合理就照做，結果駱駝弄死了，甕缸也打碎了，得不償失。

㉑ 曹劌論戰（下）

語譯

　　魯莊公跟曹劌乘坐同一輛戰車，在長勺與齊軍交戰。魯莊公準備擊鼓進軍，曹劌說：「還未可以。」齊軍擊了三次鼓後，曹劌說：「可以了！」齊軍戰敗，魯莊公準備追擊他們，曹劌說：「還未可以。」這時，曹劌下車，觀察齊軍的車輪痕跡，繼而登上戰車，扶着車前的扶手，遠遠地眺望齊軍，然後說：「可以了！」魯軍最終順利追擊齊軍。

　　魯軍戰勝後，魯莊公問曹劌取勝的原因。曹劌回答說：「作戰，是講求勇氣的。第一次擊鼓進軍，能夠振作士氣；第二次擊鼓，士氣就會變低落；到第三次擊鼓，士氣就會耗盡。他們（擊鼓三次後，）士氣耗盡，我們的士氣卻仍然旺盛，故此能夠打敗他們。大國是難以預測虛實的，我擔心有伏兵，可是我觀察到他們的車痕混亂，眺望到他們的軍旗倒下，故此下令追擊他們。」

文章理解

1. (i) 軍隊

   (ii) 第二次

2. 原文：公　與之　乘　　　　　　，戰于長勺　【戰】。

   譯文：魯莊公跟曹劌/他乘坐同一輛戰車，　在長勺與齊軍交戰。

   （「之」在這裏是第三人稱代詞，所指代的是曹劌，也可以譯作「他」；「于」在這裏與「於」相同，同樣解作「在」。）

3. 曹劌先下車，觀察齊軍的車輪痕跡，繼而登上戰車，扶着車前的扶手，遠遠地眺望齊軍。

   （曹劌本身在戰車上，故此「下」在這裏解作「下車」；「其」是第三人稱代詞，所指代的是「齊軍的」；「之」也是第三人稱代詞，所指代的是「齊軍」。）

4. 「彼」是指齊軍，「我」是指魯軍。曹劌認為齊軍擊了三次鼓後，士氣就會大減，甚至衰竭，於是趁魯軍士氣依然旺盛，進軍打敗他們。

5. 曹劌發現齊軍戰車的車輪痕跡混亂不堪，軍旗也紛紛倒下，只有真的戰敗了，才會出現這些情況。

6. (A) 行動/動作；小心謹慎，不會被勝利沖昏頭腦。

(B) 心理；心思縝密，能夠從多角度考慮事情。

㉒ 屈原至於江濱

語譯

　　屈原走到汨羅江邊。他的臉色發黃，身形乾瘦。一位年長的漁夫看見了，因此問他說：「您不就是三閭大夫屈原嗎？為甚麼會來到這裏？」

　　屈原說：「全世界都混濁，只有我一人清白；所有人都沉醉，只有我一人清醒。我就是因為這樣而被放逐。」漁夫說：「聰明賢哲的人，不會對外在事物過分執着，因此能夠隨着世俗變遷而改變自己。全世界都混濁，為甚麼不跟隨流水，掀起波濤，與世人同流呢？所有人都沉醉，為甚麼不吃點酒糟，喝點薄酒，與世人同醉呢？為甚麼您一定要死抱着您認為是好的原則，結果讓自己被放逐呢？」

　　屈原說：「我聽說，剛洗過頭髮的人，一定會用手彈走帽子上的灰塵；剛洗過澡的人，一定會抖掉衣服上的沙土。誰人又能讓自己清白的身軀，受污穢的外物污染呢？我寧可到長長的河流投河自盡，死在江中魚兒的肚子裏啊！」

　　屈原於是創作〈懷沙〉賦，然後抱着石頭，最後自行跳落汨羅江自盡了。

文章理解

1. (i) 臉色

　　(ii) 被

2. 原文：夫　聖　　　人者，不　凝滯於物　　　【凝滯】　，

　　譯文：　聰明賢哲的人　，不會　　對外在事物過分執着，

　　原文：而　能　與　世　推移　　　　　　。

　　譯文：因此能夠隨着世俗變遷而改變自己。

　　（「夫」有兩個讀音，讀【夫】時，一般指「男人」；讀【芙】時，一般位處句子開首，是發語詞，沒有實際意思，可以不用語譯。）

3. 三閭大夫

　　（「大夫」是古代的官職名；「三閭大夫」是楚國官職，負責管理王族昭、屈、景三氏。）

4. 這說明屈原言行高潔、頭腦清醒，卻與世界格格不入，因此不被世人接受，最終遭到放逐。

5. D

6. (i) 外貌/肖像

(ii) 説話/語言

(iii) 行為/動作

7. (答案只供參考)

認同。屈原心繫家國，卻看到國家逐漸走向滅亡，因而感到生無可戀，投江自盡似乎是他唯一的解脱方法。【或】

不認同。生命可貴，如果屈原不選擇投江自盡，而是改為投奔他國，也許能有一番作為，可是一旦失去生命，那就甚麼事情都做不成了。

㉓ 猿 說

語譯

　　武平縣盛產猿猴。猿猴的毛好像金色絲線，閃閃發光，值得欣賞。小猿猴尤其特別，性格十分溫馴，可是不會離開母親。

　　母猿聰明狡猾，人類不可以接近牠們。因此獵人把毒液塗在箭上，趁母猿不為意的時候射向牠們。母猿中箭後，估計自己不能生存下去，於是把乳汁灑到樹林間，讓小猿猴喝。乳汁灑完後，母猿就斷氣身亡。獵人剝下母猿的毛皮，然後對着小猿猴鞭打，小猿猴就立刻悲傷地啼叫，然後從樹上跳下來，收起雙手，任由獵人制服。自此，小猿猴每天晚上都一定要躺在母親的毛皮上才能安心睡覺，甚至總是抱着母親的毛皮亂跳，接着從樹上墮下死去。

　　唉！小猿猴尚且知道有母親，不吝嗇自己的犧牲，都要阻止獵人鞭撻母親，何況是人呢？我私下議論説：世上的不孝順父母的子孫，他們比小猿猴差得遠了！

文章理解

1. (i) 值得

(ii) 非常

(iii) 估計

2. 原文：猿　　且　知　有　母　，不　愛　其　　死　，況　　人也耶？

譯文：小猿猴尚且知道有母親，不吝嗇自己的犧牲，何況是人　呢？

(這是帶有反問語氣的遞進複句，前句説小猿猴不惜犧牲自己來保護母親，後句的「況」則是用反問的語氣，説明人類應該比小猿猴更能做到這一點。)

3. A

(「黠」意思是「聰明狡猾」，在文中是用來形容母親的。)

4. 因為母猿中毒箭後，知道自己時日無多，卻用盡最後一口氣來餵哺小猿猴。

5. 「斂手就制」是指小猿猴收起雙手，任由獵人制服。因為小猿猴不忍心看到獵人鞭打母親的毛皮，於是寧願犧牲自己，也要保護母親的毛皮。

6. 作者認為人類應該比小猿猴更願意犧牲自己來保護母親，可是事實上卻並非這樣，甚至還及不上小猿猴，不懂得孝順父母。

㉔ 鵲招鸛救友

語譯

　　某家人的花園裏有一棵古樹，喜鵲父母在上面築巢，牠們所伏的蛋即將孵出幼鳥。

　　有一天，這兩隻喜鵲在屋頂上來回飛翔，悲傷地鳴叫，沒有停過。不久，有幾隻喜鵲飛來雀巢，漸漸地，牠們的叫聲漸漸逼近，原來有過百隻喜鵲都正飛向雀巢。忽然有幾隻喜鵲嘴對嘴地鳴叫，好像在對話的樣子，接着便高飛離去。

　　不久，一隻鸛鳥橫越天空飛來，並發出「閣閣」的叫聲，之前那幾隻喜鵲也跟隨在牠的後面。那羣喜鵲面向鸛鳥喧叫，好像有甚麼事要訴說。鸛鳥又發出「閣閣」的叫聲，似乎在答允喜鵲的請求。鸛鳥看了一眼後，就飛上前，衝向雀巢，含着一條紅色的蛇，並吞下了牠。那羣喜鵲歡呼飛舞，像在慶祝和感謝鸛鳥的樣子。原來那幾隻喜鵲是去找鸛鳥幫忙擊退紅蛇，拯救同伴。

文章理解

1. (i) 孵出幼鳥

（「雛」解作「幼鳥」，是名詞，可是前面的「將」是副詞，解作「即將」，兩者是不搭配的，可以推測「雛」應該是一個動詞。前文「伏卵」是指母鵲伏在鳥蛋上，由此可以知道，「雛」在這裏是從名詞活用作動詞，解作「孵出幼鳥」。）

(ii) 喜鵲（「首」的本義是「頭部」，在這裏則借指「喜鵲」。）

2. 原文：一　鸛　橫　空　來　，　　　「閣閣」　有聲，

譯文：一隻鸛鳥橫越天空飛來，並發出「閣閣」的叫聲，

原文：　　　　　鵲　亦尾　其　後　。

譯文：之前那幾隻喜鵲也跟隨在牠的後面。

（「尾」解作「尾巴」，是名詞；「亦」是副詞，解作「也」，兩者是不搭配的，所以「尾」在這裏應該是一個動詞。後文「其後」是指「鸛鳥的後面」，據此可以推測，「尾」在這裏從名詞活用作動詞，解作「尾隨」。）

3. (i) 無從判斷

   (ii) 無從判斷

4. 因為雀巢中有未孵化的鵲蛋，而一條紅蛇正在其中，鵲蛋非常危險，所以屋頂上的喜鵲父母要不停鳴叫，呼喚同伴幫忙。

5. 鸛鳥看了一眼後，就飛上前，衝向雀巢，然後含着一條紅色的蛇，並吞下了牠。

6. 少頃（「少頃」和「俄而」都解作「不久」。）

7. （答案只供參考）

   動物之間尚且能夠同舟共濟，那麼人類就更應該幫助其他有困難的人，發揚助人為樂的精神。

㉕ 少年治阿

語譯

　　子奇十八歲時，齊國君主派遣他治理阿這個地方。子奇已經出發了，齊國君主才後悔自己的決定，於是派遣使者追回子奇。追趕子奇的使者回來後說：「子奇必定能夠治理好阿地的！」齊國君主說：「你憑甚麼知道他能夠這樣做？」使者回答說：「和子奇一起乘車的人都是白髮老人。憑藉老人家的智慧，並由年輕人決定政策，必定能夠治理好阿地呢！」子奇到達阿地後，就銷毀兵庫裏的兵器來鑄造耕作工具，開放穀倉來賑濟貧困的百姓，結果阿地非常繁榮穩定。

　　魏國聽聞由一個年輕人作為地方長官，兵庫沒有兵器，穀倉沒有穀物，於是派遣軍隊攻擊阿地。阿地的百姓中父親率領兒子，兄長率領弟弟，用自己的兵器來迎戰，最終打敗了魏國軍隊。

文章理解

1. (i) 長者/老人

   (ii) 派遣

   (iii) 使者

2. 原文：齊　君　曰：「【以】何　以　知　之　　　　　？」

   譯文：齊國君主說：「你憑　甚麼　知道他能夠這樣做？」

   （「君」在這裏解作「君主」；「何以」相當於「以何」，也就是「憑藉甚麼」或「憑甚麼」；「之」是指「子奇必定能夠治理好阿地」這件事。）

3. D

   （使者說「共載者皆白首也」，意指與子奇同車的全是老人，可見子奇願意接納

他們，加上使者後來提到「以老者之智，以少者決之」，可見他認為<u>子奇</u>願意憑藉（以）長者的智慧，由（以）他來施行政策，故答案是選項D。）

4. (i) 銷毀兵器來鑄造耕作工具；開放穀倉來賑濟貧困的百姓。

   (ii) 阿地的百姓豐衣足食，阿地十分繁榮穩定。

   （「鑄庫兵以為耕器，開倉廩以濟貧窮」中的「以」都是表示目的的連詞，「為耕器」、「濟貧窮」分別是「鑄庫兵」和「開倉廩」的目的。）

5. （答案只供參考）

   <u>阿地</u>看似「庫無兵，倉無粟」，實際上兵器已經變作耕具，穀物亦已分配給百姓，人人豐衣足食，對<u>子奇</u>心存感恩，因此當<u>魏</u>軍入侵，百姓都團結起來，用自己的兵器來擊退<u>魏</u>軍，報答<u>子奇</u>。

㉖ 折箭

語譯

  <u>阿豺</u>有二十個兒子。<u>阿豺</u>告訴他們説：「你們每個人拿取我的一枝箭，然後折斷它們，放在地上。」不久，<u>阿豺</u>命令同母親所生的弟弟<u>慕利延</u>説：「你也拿取一枝箭，然後折斷它。」<u>慕利延</u>折斷了箭。<u>阿豺</u>又説：「你再拿取十九枝箭，然後一次過折斷它們。」<u>慕利延</u>不能夠折斷。<u>阿豺</u>説：「你們知道嗎？一枝箭容易折斷，很多枝箭就很難摧毀。你們要匯聚力量，團結心意，這樣，國家就可以變得穩固。」

文章理解

1. (i) 不久

   (ii) 國家

   （「社」和「稷」分別指土地神和穀神，是古代國君所拜祭的對象，後來成為「國家」的代稱。）

2. 原文：汝曹知　否？

   譯文：你們知道嗎？

   （「汝曹」就是「你們」；「否」在句子結尾時，是語氣助詞，相當於「嗎」。）

3. <u>阿豺</u>要他們每個人拿取他的一枝箭，然後折斷它們，放在地上。

4. (i) 拿取其中一枝箭，然後折斷它。

   (ii) 拿取其餘十九枝箭，然後折斷它們。

   (iii) 不能夠折斷。

5. B

（句子 A 中的「囚等」解作「一眾囚犯」；句子 C 中的「羣從」解作「一眾同宗的堂房親屬」；句子 D 中的「眾工」解作「一眾工匠」，「等」、「羣」和「眾」都解作「一眾」。句子 B 中的「輩」解作「等級」，與其餘的意思不同，因此是答案。）

6. 團結就是力量

7. 對比

（前句的「者」是代詞，指代「箭」；後句的「則」是連詞，相當於「就」。兩者詞性不同，故此不能構成對偶。）

㉗ 物皆有靈

語譯

　　博山 西關 李家，家裏蓄養了一隻狍子。狍子極為溫馴，看到人就會「呦呦」地叫，有時會作出用角頂撞的情狀跟人玩耍。此家大門外都是山嶺，這隻狍子有時會外出，到黃昏時一定會回來，就好像牛隻、羊隻下山歸家一樣。

　　當時適逢秋天祭祀，按照慣例一定要用上鹿，官員迫切地督促獵人。獵人四處找尋鹿卻不成功。狍子跟鹿十分相像，身形細小，而且都長有角，獵人於是向李家索求這隻狍子。李家不肯獻出狍子，狍子也像當初一樣生活。

　　祭祀不久就舉行了，獵人不停堅持請求李家獻出狍子，李家猶豫不決地説：「您不要這樣逼迫我，姑且讓我慢慢考慮是否獻出狍子。」就在當日，狍子離開李家後，最終不再回來。

文章理解

1. (i) 成功

（「未」是副詞，表示沒有做到某件事情；官員督促獵人找鹿，獵人卻想找狍子代替，那是因為他未能成功找到鹿，因此「遂」在這裏即解作「成功」。）

(ii) 堅持

2. 原文： 遂 向李氏求 之 。

譯文：獵人於是向李家索求這隻狍子。

（獵人找不到鹿，卻發現狍子的外形跟鹿相似，可以推論他下一步應該會向李家索求狍子，由此可以知道「遂」在這裏即解作「於是」。）

3. (i) 因為狍子看到人就會「呦呦」地叫，有時又會作出用角頂撞的情狀跟人玩耍。

(ii) 因為狍子即使外出，到黃昏時也一定會回來。

4. C

5. 因為狍子的外形跟鹿相似，也長着角，於是獵人向<u>李</u>家索求狍子，想充當鹿來交給官員作祭祀之用。

6 (i) 不肯獻出狍子

(ii) 猶豫不決地表示想慢慢考慮是否獻出狍子

7. 狍子離開<u>李</u>家後，最終沒有回來。因為狍子有靈性，牠感受到<u>李</u>家想把牠獻出作祭品，所以就逃走了。

(狍子離開<u>李</u>家沒有回來是故事的最終結局，因此「遂」在這裏解作「最終」。)

㉘ 名落孫山

語譯

　　<u>吳</u>地人<u>孫山</u>，是一個能言善辯、很有才華的人。<u>孫山</u>前往其他地方應考科舉，他的同鄉把兒子交託給<u>孫山</u>，請<u>孫山</u>帶他一起前往試場。到科舉考試及格的名單發佈，同鄉的兒子不及格（不能實現考中的意願），<u>孫山</u>的名字則排列在名單的最後，因而較早回鄉。同鄉問<u>孫山</u>自己兒子考試成功還是失敗。<u>孫山</u>説：「我的名字在考中鄉試名單的末尾，您的兒子在我的後面。」

文章理解

1. (i) 科舉（考試）

(ii) 成敗

2. 原文：　　鄉人托以子　【托】　　　　　　借　往　　　。

譯文：他的同鄉　把兒子交託給<u>孫山</u>，請<u>孫山</u>帶他一起前往試場。

（「鄉人」指「同鄉」；「以」是介詞，解作「把」；「借」是副詞，解作「一起」。）

3. (i) 原文：山綴榜末。

説明：<u>孫山</u>是及格名單的最後一名。

(ii) 原文：鄉人子失意。

説明：同鄉的兒子不及格／不能實現考中的意願。

（「失」解作「不能實現」；「意」解作「意願」。）

4. <u>孫山</u>説自己的名字在考中鄉試名單的末尾，而同鄉兒子則在自己的後面。

5. <u>孫山</u>不直接説出自己及格，是希望不要令同鄉誤會自己在炫耀成績；而不直接説出同鄉兒子不及格，是因為不想同鄉感到失望。

6. B

（句子 A、C、D 中的「他」都解作「其他」：「他郡」就是「其他地方」：「他豬」就是「其他豬隻」：「他人」就是「其他人」。句子 B 中的「他」則解作「某一」，「他日」是指「某一天」或「有一天」。

㉙ 梁上君子

語譯

　　陳寔在鄉間，用公正的心來判斷事物。百姓因爭執而互相控告時，總是向陳寔請求判決。陳寔總會告訴他們是非對錯的道理，有錯的鄉民都會無怨言地悔改。

　　當時收成不好，百姓生活窮困，有小偷在夜間潛入陳寔的家裏，躲藏在橫樑上。陳寔暗中發現了，於是起來親自整理、抖擻衣服，呼喚子孫過來，然後板起嚴肅的神色告誡他們說：「人不可以不努力做好自己。不善良的人本性不一定是壞的，壞習慣往往因忽視修養而形成，於是淪落到這地步。橫樑上的那位『君子』就是這種人了。」

　　小偷非常驚慌，於是自行跳到地上，跪地叩頭，誠懇地承認罪過。陳寔於是慢慢地開導他說：「看你的容貌，不像個壞人，你應該好好克制自己，回頭向善。然而，我估計你這樣做應該是由於貧困所導致的。」陳寔最終還贈送了兩匹絲綢給小偷。從此整個縣都沒有再發生盜竊。

文章理解

1. (i) 在

（「於」在這裏是表示位置的介詞，由於當時小偷的身體是靜止的，因此可以語譯為「在」。）

(ii) 到

（「於」在這裏是表示位置的介詞，由於當時小偷從橫樑上跳下來，是有方向性的，因此可以語譯為「到」。）

2. 原文：夫人不可　不自勉　　　　　。

譯文：　人不可以不努力做好自己。

（「夫」在這裏是位於句子開首的語氣助詞，沒有實際意思，可以不用語譯：「勉」解作「努力」，「自勉」可以理解為「自我努力」或「努力做好自己」。）

3. 因為陳寔會用公正的心來判斷事物，並會向鄉民說明是非對錯的道理。

4. D

（第二段開首說：「時歲荒民儉，有盜夜入其室。」「歲荒民儉」是指農作物失收，

百姓生活窮困，由此可以推論出小偷潛入陳寔家中的原因。）

5.　(i)　做法一：陳寔告誡他應該好好克制自己，回頭向善。

　　　　做法二：陳寔贈送了兩匹絲綢給他。（「遺」解作「贈送」。）

　　(ii) 原因：因為陳寔知道小偷本性善良，只是由於貧窮，為勢所迫才淪落至此。

6.　(答案只供參考)

　　我認為陳寔的做法恰當，因為鄉民生活艱難，他的寬宏大量不但給予了小偷改過自新的機會，更令縣內不再發生竊案。【或】

　　我認為陳寔的做法不恰當，因為這樣小偷就會逍遙法外，不用承擔犯罪的後果，亦有損陳寔處事公正的名聲。

㉚ 虐吏崔弘度

　　崔弘度，在隋文帝時擔任太僕卿。他曾經告誡身邊的人說：「不要欺騙我。」後來有一次，他因為吃甲魚，於是問侍從們說：「甲魚美味嗎？」侍從們回答說：「美味啊。」崔弘度說：「你們沒有吃過這甲魚，怎麼知道牠美味？」結果一一杖打了他們。長安百姓為了這件事，於是說：「寧可喝三斗酸醋，也不要見到崔弘度；寧可吃三斗苦艾，也不要遇上屈突蓋。」屈突蓋，是與崔弘度同時的殘酷官吏。

1.　(i)　嗎

　　(ii) 杖打 （「杖」本是名詞，是指木棍之類的刑具，這裏用作動詞。）

2.　原文：　　　　嘗　戒　左右　　曰：「無得誆　我。」

　　譯文：崔弘度/他曾經告誡身邊的人說：「不要欺騙我。」

　　（「戒」在這裏解作「告誡」；「誆」解作「欺騙」。）

3.　(i)　汝不食，安知其美？

　　(ii) 崔弘度不容許隨從欺騙自己，因此當隨從說甲魚美味時，崔弘度指責他們未曾吃過這甲魚，卻說甲魚美味，與欺騙無異，便杖打了他們。

4.　(i)　寧可

　　(ii) 酸醋

　　(iii) 也不

　　(iv) 崔弘度

　　(v) 吃

(vi) 屈突蓋

5. 醋是酸的，艾草是苦的，都是不受人歡迎的食物，可是百姓寧願品嘗酸味和苦味，也不想遇上崔弘度和屈突蓋，可見他們為人生性殘忍、不近人情，為人所畏懼。

(長安百姓的歌謠由兩個取捨複句組成，「寧……不……」這個句式表示前句的內容是百姓在相比下寧願去做的事情，後句則是百姓不想遇上的事情。)

㉛ 御人之妻

語譯

晏子擔任齊國宰相期間，有一天外出時，他的車夫的妻子從門縫裏偷看她的丈夫。他的丈夫是宰相的車夫，乘坐大馬車，鞭策四匹馬，志氣高昂，自覺非常得意。

不久，車夫回來，他的妻子請求讓她離去。車夫於是詢問當中的原因。妻子回答說：「晏子身高不足六尺，以宰相的身份輔助齊國，名聲在各國之間傳揚。今天我看他出門，志向和想法都十分深遠，常常有認為自己不如別人的謙讓舉動。如今你身高八尺，只是當上人家的車夫，然而你的內心卻認為當車夫就十分滿足。我因此請求離去。」

這件事之後，她的丈夫變得謙遜起來。晏子覺得車夫的言行十分奇怪，於是問他原因，車夫根據事實回答。晏子因而推薦他成為大夫。

文章理解

1. (i) 他的/車夫的

(句子中的「其」是人稱代詞，相當於「他的」，所指代的是車夫。)

(ii) 當中的

(句子中的「其」是指示代詞，相當於「當中的」，所指代的是妻子請求離開這件事。)

(iii) 他/晏子

(句子中的「其」是人稱代詞，相當於「他」，所指代的是晏子。)

2. 原文：其　御　之妻　從門閒　而闚　其　夫　。

譯文：他的車夫的妻子從門縫裏　偷看她的丈夫。

(句子中的兩個「其」都是人稱代詞，第一個相當於「他的」，所指代的是晏子；第二個相當於「她的」，所指代的是妻子。「闚」同「窺」，也就是偷窺、偷看。)

3. (i) 身高

(ii) 不足六尺

(iii) 身份

(iv) 車夫

(v) 謙讓

(vi) 驕傲／自滿

4. 妻子希望丈夫能夠效法晏子，保持謙虛的心態，不要為當上車夫而滿足。

5 （答案只供參考）

(i) 丈夫知道妻子的想法後，馬上改掉自滿的心態，變得謙虛，可見他知錯能改。

(ii) 晏子看見車夫的言行跟以前有所不同，感到十分奇怪，於是問及車夫，可見他觀察力強。／晏子知道車夫勇於改正自己的缺點，是可造之材，於是推薦他做大夫，可見他唯才是用。

㉜ 韓愈、賈島為布衣之交

語譯

賈島初次參加科舉考試，因而前往京城。有一日，賈島騎在驢子上，想到兩句詩句說：「鳥宿池中樹，僧敲月下門。」（雀鳥歇息在池塘邊的樹上，僧人敲響了月亮下的大門。）他又想用「推」字來代替「敲」字，因而在這兩字間不停斟酌，卻始終未有決定。賈島在驢子上不停吟詠，還伸出手，做出「推門」、「敲門」的姿勢，旁邊看到的人都對他的行徑感到驚訝。

當時，吏部侍郎韓愈兼任京師的首長，他的車馬剛剛從官府出來，賈島沒有察覺，一直走到車馬隊的第三節，繼續做手勢，沒有停下來。不久，他被隨從捉拿到韓愈面前。賈島詳細稟報自己想到的詩句還未決定用「推」字還是「敲」字，心神在世界之外遨遊，因而未有迴避車馬隊。韓愈把馬匹停下來，過了一段時間，告訴賈島說：「用『敲』字比較好。」韓愈於是和賈島並排騎馬，返回官府，一起討論寫詩技巧，挽留賈島多日，因而與賈島結為好朋友。

文章理解

1. (i) 斟酌

(ii) 繼續／依然

2. 原文：俄　　為左右擁　至尹　前　。

譯文：不久，賈島被隨從捉拿到韓愈面前。

（句子省略了主語「賈島」，語譯時需要補回；「為」在這裏是介詞，相當於「被」；「左右」是指韓愈身邊的隨從；「擁」解作「捉住」；「尹」在這裏是指京兆尹，也就是「韓愈」。）

3. 因為他在驢子上反覆斟酌「推」、「敲」二字，心神已經在世界之外遨遊，因此沒留意到前面就是韓愈的車馬隊。

（文中「神遊象外」是指賈島的「心神在世界外遨遊」，實際上就是出神。）

4. (i) 「過」對「移」，是動詞；「橋」對「石」，是名詞；「分」對「動」，是動詞；「野色」對「雲根」，是景色，都是名詞。

(ii) 上下句分別是「仄平平仄仄」和「平仄仄平平」，平仄完全相對。

（「過橋分野色，移石動雲根」是詩歌的頸聯，即是第五、六句，是講求對仗的地方，必須講究詞性和平仄。）

5. 韓愈不擺官威/沒有架子，因為他願意聆聽賈島解釋，不但建議他用上「敲」字，更與賈島一起回府，討論詩道，最終還結為好朋友。

6. (i) 推敲

(ii) 仔細斟酌/反覆思量

（「推」、「敲」只是兩個普通的動詞，可是正因為賈島為它們反覆思量，因此組合成詞時，就帶有仔細斟酌的意思。）

㉝ 繆賢薦藺相如

語譯

　　趙惠文王在位時，得到楚國的和氏璧。秦昭王聽聞這件事，於是派人給趙王送上書信，表示願意用十五座城池，請求趙王交換和氏璧。趙王跟大將軍廉頗等大臣商議這件事：想把和氏璧給予秦國，可是秦國的城池恐怕不能夠得到，白白被秦國欺騙；想不把和氏璧給予秦國，又擔心秦國軍隊來襲。趙王還未決定計謀，於是想找可以出使並回覆秦國的人，卻未能找到。

　　這時，宦官頭目繆賢跟趙王說：「微臣的親信藺相如可以出使秦國。」趙王問：「你憑甚麼知道他可以出使？」

　　繆賢回答說：「微臣曾經犯事，私下計劃想逃亡到燕國。微臣的舍人藺相如阻止我，他說：『您是通過甚麼途徑認識燕王的？』微臣告訴藺相如說：『微臣曾經跟從大王在邊境與燕王會面，燕王私下握住我的手，說「願意跟你結為朋友」。我就是通過這次會面認識燕王的，所以打算前往投靠他。』藺相如告訴臣說：『趙國強大，

燕國弱小，同時您又被趙王寵信，所以燕王才想結識您。如今您逃離趙國，投奔燕國，燕國懼怕趙國，看情勢燕王必定不敢收留您，反而會綁住您，將您送回趙國啊！您不如赤裸上身、伏在斧頭和鐵砧板上，請求趙王治罪，那麼還可能僥倖得到赦免。』微臣聽從他的計策，結果大王也開恩赦免了微臣。微臣私下認為他是個勇士，有智謀，應該可以出使秦國。」於是，趙王召見了藺相如。

文章理解

1. (i) 派遣

   (ii) 出使

   (iii) 跟從／跟隨

   (iv) 聽從

2. 原文：君　何以　【何】　　知　燕王　？

   譯文：你是　通過甚麼途徑認識燕王的？

   （「君」是藺相如對繆賢的敬稱，相當於「您」；「何以」是「以何」的倒裝寫法，在這裏是指「通過甚麼途徑」；「知」就是「認識」。）

3. 告訴趙王，自己願意用秦國的十五座城池，來交換和氏璧。

4. (i) 趙王擔心把和氏璧給予秦國後，秦國不會交出城池，趙國將白白被欺騙。

   （「徒見欺」中的「徒」解作「白白」；「見」在這裏是表示被動的介詞，相當於「被」；「欺」就是「欺騙」。）

   (ii) 趙王擔心不交出和氏璧，秦國就會派軍隊攻打趙國。

5. B

6. 因為趙國強大，燕國弱小，加上繆賢被趙王寵信，所以燕王才想巴結趙王身邊的人。

   （「君幸於趙王」中的「君」是指繆賢；「幸」是「寵信」；「於」是表示被動的介詞，也就是「被」，強調了主動者的身份——趙王。）

7. D

   （繆賢因為犯罪而打算逃亡到燕國，可是沒有仔細考慮後果，可見他並非臨危不亂的人。）

8. 藺相如能夠跟繆賢仔細分析不能夠投靠燕王的原因，可見他是個有智謀的人。

9. （答案只供參考）

   藺相如能夠分析逃亡燕國的後果，可見他心思細密，能夠處理在出使秦國期間發生的突發事件。

南岐位處秦地（陝西）、蜀地（四川）的山谷之間，那裏的水甘甜，但是水質不好，凡是喝過這些水的人，都總會患上頸瘤病，所以那地方的百姓，沒有一個人沒有頸瘤的。由於他們已經習以為常，因此不覺得頸瘤醜陋，也不曾想過方法除掉它。

直到看見有一個外地人來到當地，一羣小孩子和婦女就聚集起來觀看，並嘲笑他說：「你的脖子真奇怪啊！又細又瘦的，不像我們的呢！」外地人說：「你們脖子上這麼多高起來的東西，是頸瘤病。你們不找好藥來除掉你們的病，卻反而認為我脖子長得細長啊！」

取笑他的那班人說：「我們的祖先都是這樣，我們的父輩都是這樣，我們的家人都是這樣，我們鄉裏的所有人都是這樣，怎麼需要除掉呢？」他們永遠都不知道自己脖子是醜陋的。

1. (i) 都會／總會

   (ii) 怎麼

2. 原文：　　莫　【之】醜　之，亦莫　思　所以去　之。

   譯文：南岐人不覺得頸瘤　醜陋　　，也不曾想過方法除掉它。

   （「醜」本是形容詞，在這裏與賓語「之」（腫瘤）結合時，則作意動用法，解作「覺得（腫瘤）醜陋」；「所以」在這裏是代詞，相當於「……的方法」。）

3. 南岐的水甘甜，可是水質不好，喝了後脖子就會長出腫瘤。

4. (i) 原文：異哉，爾之頸也！

   　　解釋：你的脖子真奇怪啊！

   （「異哉，爾之頸也」原本寫作「爾之頸異哉」，「爾之頸」是主語，「異哉」是謂語，為了強調謂語，句子於是將謂語「異哉」從主語的後面移到前面。）

   (ii) 原文：焦而不吾類焉！

   　　解釋：你的脖子又細又瘦的，不像我們的呢！

   （「焦而不吾類焉」原本寫作「焦而不類吾焉」，「類」是動詞，「吾」是賓語，為了強調賓語，句子於是將賓語「吾」從動詞的後面移到前面。）

5. B

6. （答案只供參考）

   我認為我不能，因為這是代代相傳、由身邊所有人灌輸的觀念，如果從小就沒有

見過正常人，又或正常人只是少數，要認清事實是十分困難的。【或】

我認為我能夠，縱使身邊人都混淆是非，但只要以謙虛開放的態度與外地人交流，最終總能認清事實。

㉟ 臨江之麋（附〈三戒〉序）

語譯

　　有一個住在臨江的人，打獵時捕獲到一隻小鹿，並把牠畜養起來。他剛進門，一羣家犬看見小鹿，都流着口水，搖着尾巴跑過來。這個人很生氣，於是嚇退牠們。自此，這個人每天都抱着小鹿去接近家犬，經常訓示牠們，命令牠們不得亂動；漸漸，就讓那羣家犬跟小鹿一起玩耍。時間久了，那羣家犬都能順從主人的意思，不傷害小鹿。小鹿漸漸長大，也忘記自己是鹿，認為狗真的是自己的朋友，互相碰撞翻滾，彼此越來越親暱。那羣家犬因為懼怕主人，跟小鹿相處得非常好，不過不時會舔着舌頭，露出饞相。

　　三年後，有一次小鹿離開家門，看見在路上有許多野犬，於是上前想跟牠們玩耍。這些野犬看見了小鹿，既高興又生氣，於是一起把牠殺死和吃掉，牠的血肉骨頭最終零散在路上。小鹿到死也不知道這是怎麼回事。

　　〈三戒〉序

　　我常常憎惡世上有些人，不懂得認識自己的能力，反而恃着外物來逞強，或者倚仗權勢來冒犯與自己不同類的人，使出伎倆來激怒強大的人，利用時機來肆意作惡，然而他們最終都招致禍患。有位客人談論到麋、驢、鼠這三種動物的故事，類似我所說的這些事情，我因而創作〈三戒〉。

文章理解

1. (i) 順從

　(ii) 越來越

　(iii) 利用

2. 原文：出　技　以怒　強　　　。

　譯文：使出伎倆來激怒強大的人。

　（「怒」解作「憤怒」，是形容詞，在這裏則臨時活用作動詞，解作「激怒」；「強」也是形容詞，解作「強大」，在這裏則臨時活用作名詞，解作「強大的人」或「強者」。）

3. 臨江之人是在打獵時捕獲小鹿的，後來把牠帶了回家，畜養起來。

（「畜」一般指「牲畜」，是名詞，在這裏則臨時活用作動詞，解作「畜養」。）

4. (i) 嚇退家犬，避免牠們吃掉小鹿

(ii) 每天都抱着小鹿去接近家犬，訓示家犬不得傷害小鹿

(iii) 讓家犬跟小鹿一起遊戲

5. （答案只供參考）

「狎」解作「不莊重的親近」。作者用上「狎」字，是要説明小鹿跟家犬這麼親暱根本是不合適的。

6. (i) C

(ii) （答案只供參考）

我認為是主人的責任。小鹿跟家犬並不同種，主人卻強行把牠們一起飼養，導致小鹿以為自己與狗是同類，結果遇上野犬時就招致惡果。【或】

我認為是小鹿自己的責任。小鹿恃着主人的保護，因而放縱地與家犬甚至野犬嬉戲，最終招致惡果。

7. C

（作者表示厭惡「不知推己之本，而乘物以逞，或依勢以干其非類」之人。「不知推己之本」指「不懂得認識自己的能力」，也就是「不自量力」（選項D）；「乘物以逞」意指「恃着外物來逞強」，可以理解為「喜歡逞強」（選項B）；「依勢以干其非類」意指「倚仗權勢來冒犯與自己不同類的人」，相當於「仗勢欺人」（選項A）；卻沒有提到「殘暴不仁」。）

8. （答案只供參考）

「出技以怒強」意指「使出伎倆來激怒強大的人」。小鹿非常弱小，卻恃着主人的保護，在路上招惹比自己強大得多的野犬，激怒野犬，最終招來惡果。【或】

驢子比老虎弱小，卻不知道自己的能力，使出拙劣的伎倆，踢了老虎一下，激怒老虎，最終招來惡果。

㊱ 賄賂失人心

語譯

　　北郭家，是都城裏的富有人家。他們的屋子損壞了，卻沒有修葺，快要倒塌，管家於是召集工匠商量修葺一事。

　　工匠們請求先發放糧食，管家説：「你們暫且先吃自己的糧食吧。」工匠們都説

家裏沒有東西吃了，管家卻不替他們向主人稟告，反而向他們索取賄賂。工匠們不肯給予賄賂，管家最終也沒有向主人稟告。因此，工匠們都疲憊不堪，而且十分怨恨，便拿着斧頭、鑿子，坐着不工作。適逢天下了很大的雨，走廊的柱子折斷了，廳堂兩側的房間都已經倒塌，接着將危及到廳堂，這時管家才接納這班工匠的要求，發放飯菜，贈與工匠們，並召集他們説：「你們的要求都給予了，我們主人決不吝嗇。」

工匠們到了工地，看到這屋子不可以支撐下去，便都推辭不幹。第一個工匠説：「先前，我們沒有糧食，於是請求你發放糧食卻得不到，如今我們吃飽了。」第二個工匠説：「你們的飯菜變味了，不可以吃了。」第三個工匠説：「你們的屋子腐爛了，我們無法出力修葺它了。」於是相繼離去，屋子最終因為不能及時修葺而倒塌。

郁離子説：「北郭家的祖先，曾經憑藉信用和道義，得到眾人的力量，才成為天下第一的富豪，到了他們的後代，卻連一間屋子都保護不了，為甚麼呢？這是因為公然索取賄賂，結果失去人心啊！」

文章理解

1. (i) 倒塌
   (ii) 疲憊/疲倦
   (iii) 接納
   (iv) 為甚麼

2. 原文：向 者 吾 饑 ， 請 粟 而弗得 ，今 吾 飽 矣。
   譯文：先前 ，我們沒有糧食，於是請求你發放糧食卻得不到，如今我們吃飽了。
   （「向」是時間名詞，解作「先前」，後面的「者」是結構助詞，表示句子稍為停頓，沒有實際意義，不用語譯。）

3. D

4. (i) 管家不但不肯給工匠發放糧食，反而向他們索取賄賂。
   (ii) 管家所給予的飯菜全都變臭，不能進食。
   (iii) 北郭氏的屋子已經破敗不堪，沒有辦法修葺。

5. 我同意。賄賂本身就是不法行為，而且還公然進行，就更易失去人心。故事中的工匠本來已經得不到糧食，卻反過來被管家索取賄賂，因而感到極度不滿，最終罷工反抗。同樣，官員長期欺壓百姓，甚至逼他們行賄，只會失去百姓的支持，激起他們的反抗之心。

㊲ 陶母責子

陶侃年輕時，曾擔任過負責漁業的小官。他曾經派遣使者把一罐醃魚送給母親。他的母親極度疑惑，於是問使者説：「這罐醃魚是從哪裏來的？」使者説：「是官府給予的。」母親將醃魚封好，交還給使者，並且回信責備陶侃説：「你身為官吏，竟然把官府的物品送給我，這樣做不但沒有好處，反而增添了我的憂慮啊！」

文章理解

1. (i) 擔任

   (ii) 回覆（「反」在這裏是「返」的通假字。）

2. 原文：　　嘗　遣　使　【以　坩鮓　】餉　母　以坩鮓。

   譯文：陶侃曾經派遣使者　把一罐醃魚　送給母親　　　　　。

   （這是介賓後置的倒裝句，本來寫作「嘗遣使以坩鮓餉母」。「以」是表示對象的介詞，「坩鮓」是賓語，是「餉」這個動作所牽涉的事物——一罐醃魚，為了強調這一點，句子於是把整個介賓詞組後移，放在「餉母」的後面。）

3. (i) 錯誤（「吏」是指小官。）

   (ii) 無從判斷

4. (i) 極度疑惑，於是詢問使者醃魚的來歷。

   （文中「疑極」是狀語後置的倒裝句，本來寫作「極疑」。「疑」解作「疑惑」，是形容詞；「極」解作「極度」，是狀語，用來描述「疑」的程度。為了強調這程度，句子於是把狀語後移，寫作「疑極」。）

   (ii) 知道醃魚的來歷後，將醃魚封好，交還給使者。

   (iii) 回信給陶侃，責備陶侃公私不分。

5. 因為醃魚是官府物品，陶侃作為官員，把它送給母親就是公私不分，不但會影響仕途，甚至可能惹禍上身。

6. (i) 公：作為官員，陶侃公私不分，擅自把官府物品送人。

   (ii) 私：作為兒子，陶侃送禮孝敬母親，十分孝順。

㊳ 擊鼓戲諸侯

語譯

　　周朝定都於酆和鎬京，很接近西方外族的人，周天子於是跟諸侯約定，在通往王宮的大路上修築高高的城堡，在它的上面放置戰鼓，不論遠近都可以聽到鼓聲。假如外族的侵略者來到，就敲擊戰鼓以通報諸侯，諸侯的軍隊便會前來營救天子。

　　有一次，外族的侵略者快要來到，周幽王敲擊戰鼓，諸侯的軍隊都紛紛前來，褒姒非常開心，很喜歡這種紛擾的景象。周幽王很想博得褒姒一笑，因此多次敲擊戰鼓，諸侯的軍隊也多次前來，卻發現並沒有侵略者。後來，外族的侵略者真的到了，周幽王敲擊戰鼓，這次諸侯的軍隊卻不前來。周幽王本人因而死在驪山的山腳，更被天下人恥笑。

文章理解

1. (i) 定都

　　(ii) 侵略者／敵人

2. 原文：諸侯之兵　數　至　　而　　亡　寇　　。

　　譯文：諸侯的軍隊多次前來，卻發現並沒有侵略者。

　　（「兵」在這裏解作「軍隊」；「數」出現在動詞前的話，多用作副詞，表示「多次」；「亡」在這裏並非解作「死亡」，而是「無」的通假字，因為兩者在古代的讀音非常接近，都解作「沒有」。）

3. 一旦外族入侵，周幽王就可以敲擊高堡上的戰鼓，用鼓聲通報諸侯，讓他們帶領軍隊前來救駕，擊退侵略者。

4. 是指褒姒喜歡諸侯前來救駕的紛擾場面。

5. C

6. 周幽王為博褒姒一笑，於是多次擊鼓，虛報有外族入侵，欺騙諸侯前來救駕，結果導致自己失信於諸侯，在真正被入侵時變得孤立無援。可見誠信是做人的根本，更是君臣之間的橋樑。

㊴ 龐葱與太子質於邯鄲

　　龐葱陪伴太子到邯鄲當人質。龐葱告訴魏王説：「現在如果有一個人説市集有老虎，大王相信這件事嗎？」魏王説：「不相信。」「如果兩個人説市集有老虎，大王相信這件事嗎？」魏王説：「我開始懷疑有這件事了。」「如果三個人説市集有老虎，大王相信這件事嗎？」魏王説：「我相信這件事了。」

　　龐葱説：「市集沒有老虎，是十分明顯啊！但是三個人提起的話，就真的出現老虎了。如今邯鄲距離大梁，比起市集遙遠得多，可是毀謗我的人卻多過三個人。希望大王仔細分辨這些讒言吧。」魏王説：「我自己知道怎麼處理。」

　　龐葱於是告辭並出發，可是毀謗他的言論早早就傳到魏王那裏。後來太子做完人質，龐葱果然得不到魏王的接見。

文章理解

1. (i) 距離

   (ii) 果然

2. 原文：夫市 之無 虎　　　　　 明 矣！

   譯文：　市集　沒有老虎，是十分明顯啊！

   （「夫」在句子開首，是發語詞，表示説明事實，語譯時不用理會，直接刪除即可；「矣」在句子結尾，是表示感歎的語氣助詞，可以譯作「啊」。）

3. (i) 市集上有老虎

   (ii) 不相信這件事

   (iii) 有兩個人説市集上有老虎

   (iv) 有三個人説市集上有老虎

   (v) 相信這件事

4. 因為王宮距離市集這麼近，魏王尚且會相信有老虎的傳言；龐葱去到邯鄲後，與大梁距離更遠，魏王自然更有可能相信毀謗自己的讒言，因此他請求魏王要仔細辨別這些讒言。

5. 三人成虎

6. 龐葱回國後，魏王再也沒有接見他，可見魏王沒有辨別有關龐葱的讒言是真是假，就全盤相信，是個愚昧無知的人。

⓳ 寡人之於國也（下）

語譯

孟子説：「大王如果明白『五十步笑百步』這道理，就不要寄望百姓會比鄰國的多了。不耽誤農耕的季節，糧食就不會吃光；細密的漁網不投進池塘裏，魚鱉等水產就不會吃光；按照一定時節走進山中樹林伐木，木材就不會用光。糧食和水產吃不完，木材用不完，這就可以使百姓對生養死葬沒有甚麼不滿了。百姓對生養死葬沒有甚麼不滿，這是推行仁政的開始。

「在五畝大的住宅旁，種上桑樹，五十歲的人就可以穿上絲織品了；雞、豬、狗等牲畜，不要耽誤牠們的繁殖時機，七十歲的人就可以吃上肉食了；百畝大的田地，不要耽誤它的耕作季節，幾個人的家庭就可以不用挨餓了；認真地興辦學校教育，把孝順父母、敬愛兄長的道理反覆告訴百姓，頭髮花白的老人就不用背負或頭頂重物在路上行走了。七十歲的人能夠穿上絲織品、吃上肉食，百姓不用挨飢抵冷，做到了這些卻不能統一天下稱王，還是從未有過的。

「狗和豬吃上人類的食物，卻不知道制止；道路上有餓死的人，卻不知道開倉賑濟；百姓死了，就説：『這不是我的過錯，是因為收成不好。』這種説法跟用刀殺死人後，説『殺死人的不是我，是兵器』有甚麼分別？大王不要把問題歸咎於收成，那麼天下的百姓都會歸順的了。」

文章理解

1. (i) 義：細密；音：速

    （「數」是多音字，讀【素】時，解作「數目」；讀【嫂】時，解作「計算（數目）」；讀【索】時，解作「多次」；讀【速】時，解作「細密」。）

    (ii) 義：穿着；音：意

    （「衣」是多音字，讀【依】時，解作「衣服」；讀【意】時，解作「穿着」。）

    (iii) 義：一統天下；音：旺

    （「王」是多音字，讀【黃】時，解作「國君」；讀【旺】時，解作「一統天下」。）

2. 原文：是　　【於刺人而殺之】何　異　於刺人而殺之？

    譯文：這種説法 跟用刀殺死人 有甚麼分別　　　　　？

    （「是」在這裏相當於「這」，多指代的，是「非我也，歲也」的説法。整個句子是介賓後置的倒裝句，當中「於」是表示比較的介詞，相當於「跟」，「刺人而殺之」是賓語，為了強調這個介賓短語，句子於是把它從「何異」這個謂語的前面，移到後面。）

3. (i) 政策一：不耽誤農耕的季節。

    好　處：糧食就不會吃光。

   (ii) 政策二：細密的漁網不投進池塘裏。

    好　處：魚鱉等水產就不會吃光。

   (iii) 政策三：按照一定時節走進山中樹林伐木。

    好　處：木材就不會用光。

4. 糧食和水產吃不完，木材用不完，可以使百姓對生養死葬沒有甚麼不滿，這是推行仁政的開始。

5. D

   （文中「五十者可以衣帛矣」和「七十者可以食肉矣」這兩句，直接説明了選項⑤和④是答案；此外，「頒白者不負戴於道路矣」説明了選項③也是答案。

6. 辦好教育後，百姓就會明白孝順父母和敬愛兄長的道理，這樣長者都會得到尊重，出門時所帶的重物都會由年輕人代為搬運，而不用自己背負或頭頂。

7. 梁惠王在災荒時，只將受災百姓遷移到其他地方，卻沒有開倉賑濟他們，這就是孟子所説的「塗有餓莩而不知發」。再者，他把百姓沒有增加這問題歸咎於災荒，而不是自己的政策，因此不能做到王天下。

8. (i) 無從判斷

   (ii) 正確

   (iii) 錯誤

全書文言知識索引

文言知識		課次		
		《初階》	《中階》	《高階》
字詞音義	多義詞	1	1	18
	古今異義	35	28	16
	多音字	2	40	15
	「通假字」和「古今字」	14	38	—
	雙音節詞	—	—	31
代詞	第一人稱代詞	21	16	27
	第二人稱代詞	37	16	27
	第三人稱代詞	—	21	27
	表示「這」的指示代詞	20	—	—
	文言疑問代詞	—	11	
助詞	表示眾數的助詞	—	26	—
	語氣助詞	12、13、26	6、39	12、14
副詞	程度副詞	8	2	—
	時間副詞	22	—	—
	頻率副詞	31	—	—
	範圍副詞	—		33
	表示「全部」的副詞	15	—	—
	表示「否定」的副詞	4	9	
	表示「疑問」的副詞	—	—	10

文言知識		課次		
		《初階》	《中階》	《高階》
連詞	文言連詞（並列）	24	—	37
	文言連詞（承接）	24	5、23	37
	文言連詞（遞進）	—	23	—
	文言連詞（因果）	9	5	—
	文言連詞（轉折）	24	12	4、21
	文言連詞（假設）	9	5、12	4
	文言連詞（選擇）	25	30	—
	文言連詞（取捨）	25	30	—
	文言連詞（目的）	25	—	21
詞性活用	詞性活用	7	17、35	3
	使動用法	—	10	25
	意動用法	30	19	25
字詞專論	虛詞「之」	10、33	7	24
	虛詞「也」	6	—	—
	虛詞「者」	23	36	—
	虛詞「於」	27	29	—
	虛詞「而」	34	3	29
	虛詞「其」	11	31	35
	虛詞「所」	16	—	—
	虛詞「以」	36	25	22
	虛詞「或」	5		
	虛詞「然」	—	13	—
	虛詞「遂」	—	27	—
	虛詞「為」	—		30
	虛詞「所以」	—	4	—
	敬辭及謙辭「請」	28		—
	「陰」與「陽」	—		23
	兼詞	—	—	19

文言知識		課次		
		《初階》	《中階》	《高階》
句式	文言肯定句	—	—	32
	文言疑問句	—	—	13
	文言被動句	—	8、33	—
	「孰與……」句式	—	—	1
	「以……為」句式	—	—	34
	主語省略	3	14	5
	賓語省略	18	15	7
	介詞省略	17	20	2
	量詞省略	—	—	39
	倒裝句（狀語後置）	29	37	8
	倒裝句（介賓後置）	32	37	17
	倒裝句（謂語前置）	—	34	20
	倒裝句（賓語前置）	32	34	8
聲韻	四聲	19	—	—
	平仄與對仗	—	32	—
解字與語譯	對譯	—	—	26
	解字六法——形	38	—	40
	解字六法——音	—	18	40
	解字六法——義	40	—	40
	解字六法——句	39	—	40
	解字六法——性	—	24	40
	解字六法——位	—	22	40
	語譯六法	—	—	6、9、11、28、36、38

策劃編輯		梁偉基
責任編輯		張軒誦
書籍設計		道 轍

書　　名		讀寓言・學古文（中階）
著　　者		田南君
插　　圖		廖鴻雁
出　　版		三聯書店（香港）有限公司
		香港北角英皇道 499 號北角工業大廈 20 樓
		Joint Publishing (H.K.) Co., Ltd.
		20/F., North Point Industrial Building,
		499 King's Road, North Point, Hong Kong
香港發行		香港聯合書刊物流有限公司
		香港新界荃灣德士古道 220-248 號 16 樓
印　　刷		美雅印刷製本有限公司
		香港九龍觀塘榮業街 6 號 4 樓 A 室
版　　次		2022 年 2 月香港第一版第一次印刷
規　　格		特 16 開（150 mm × 210 mm）240 面
國際書號		ISBN 978-962-04-4905-5